光文社文庫

長編時代小説

刺客

鬼役 弐

新装版

坂岡 真

光 文 社

この作品は、二〇一二年五月に光文社文庫より
刊行された『刺客　鬼役 弐』に著者が大幅に
加筆修正をしたものです。

目次

対決鉢屋衆《はちやしゅう》　9
黄白《おうはく》の鯖《さば》　94
三念坂閻魔斬り《さんねんざかえんまぎり》　177
流転茄子《るてんなす》　261

幕府の職制組織における鬼役の位置

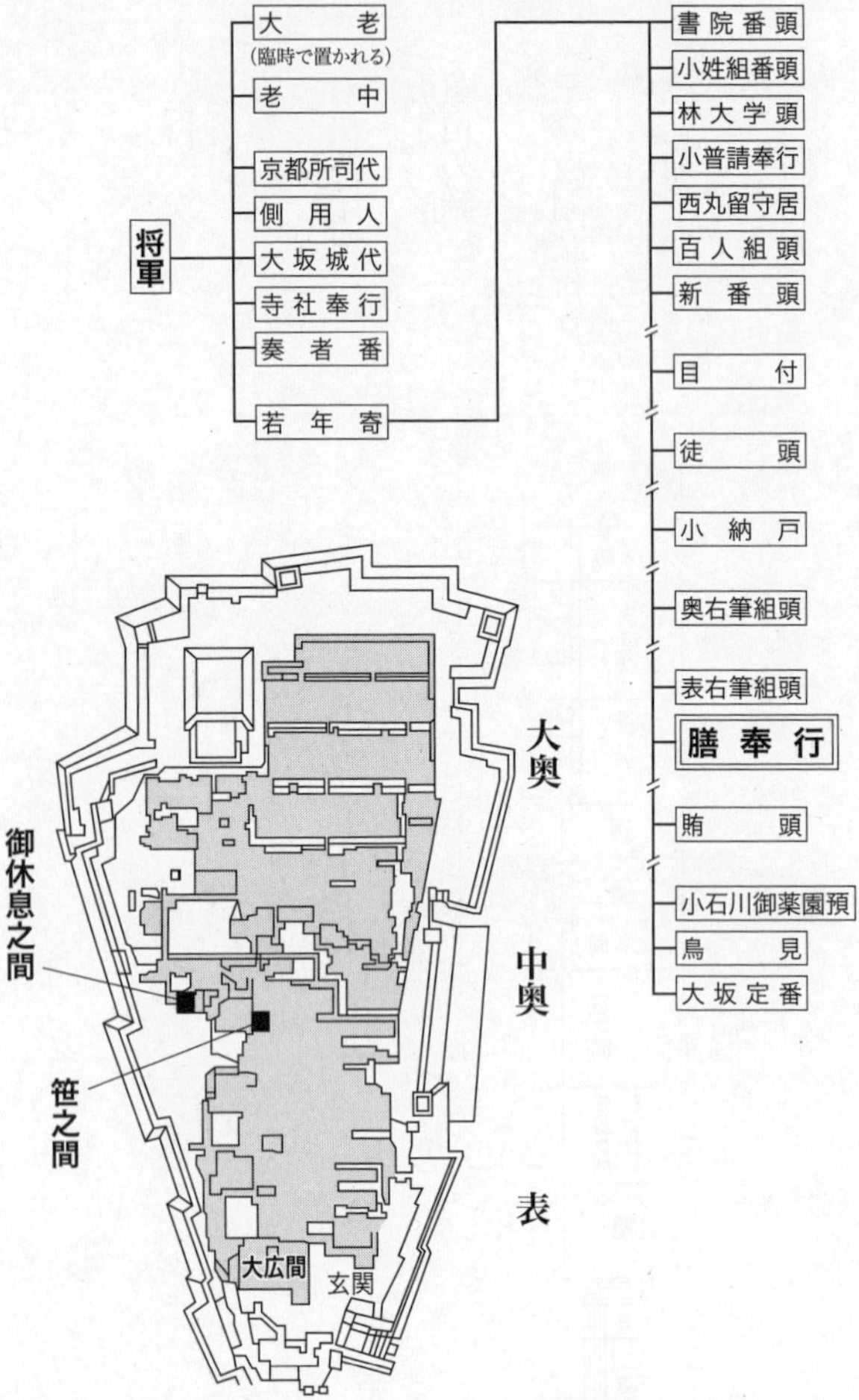

鬼役はここにいる!

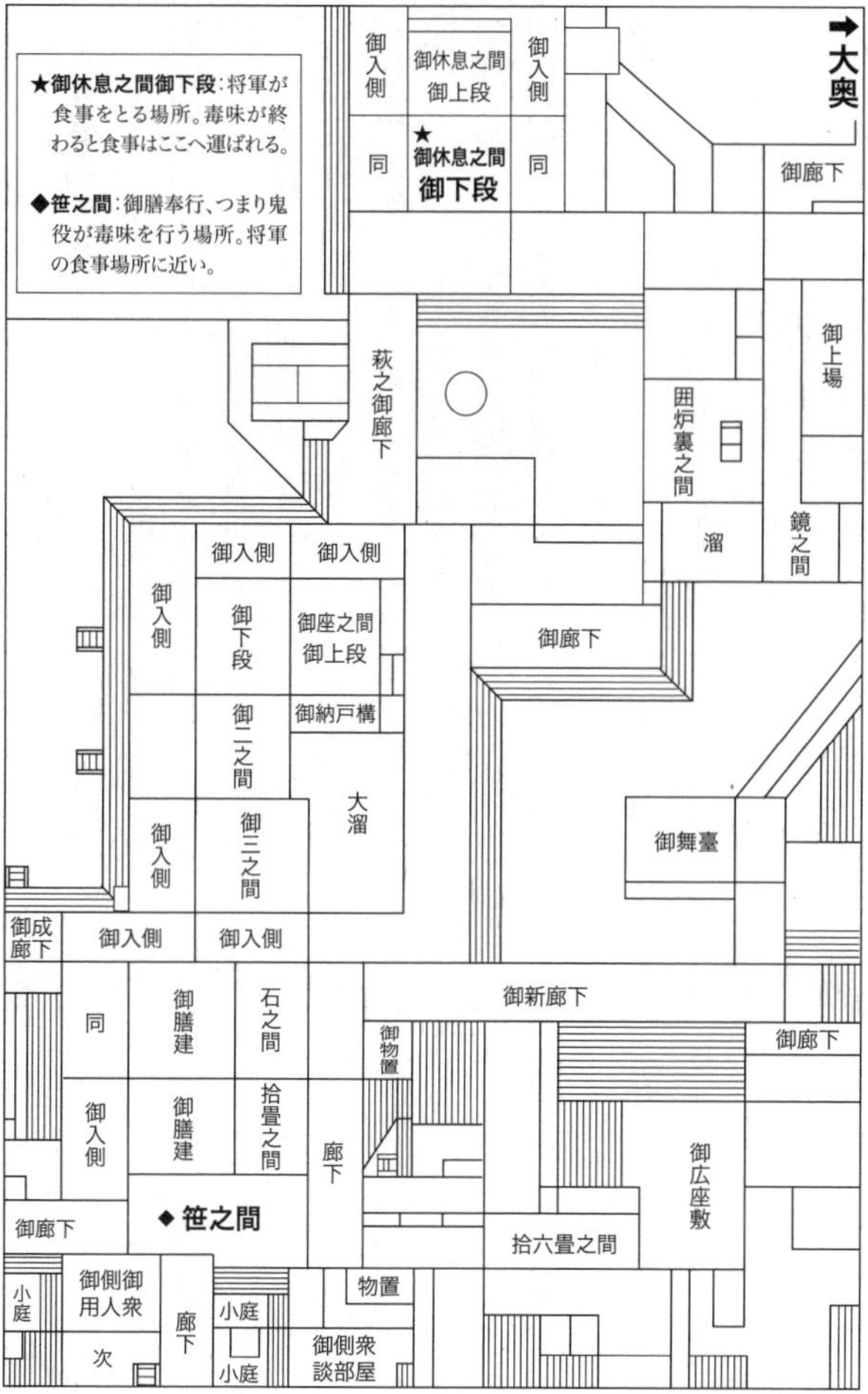
★御休息之間御下段:将軍が食事をとる場所。毒味が終わると食事はここへ運ばれる。
◆笹之間:御膳奉行、つまり鬼役が毒味を行う場所。将軍の食事場所に近い。
→大奥
御入側
御休息之間
御上段
御入側
同
★御休息之間
御下段
同
御廊下
萩之御廊下
御上場
囲炉裏之間
溜
鏡之間
御入側
御入側
御入側
御下段
御座之間
御上段
御納戸構
御二之間
大溜
御廊下
御舞臺
御入側
御三之間
御成廊下
御入側
御入側
御新廊下
同
御膳建
石之間
御物置
御廊下
御入側
御膳建
拾畳之間
廊下
御広座敷
御廊下
◆笹之間
拾六畳之間
小庭
御側御用人衆
廊下
小庭
物置
御側衆談部屋
次
小庭

主な登場人物

矢背蔵人介……将軍の毒味役である御膳奉行、またの名を「鬼役」。お役の一方で田宮流抜刀術の達人として幕臣の不正を断つ暗殺役も務めてきた。

志乃……蔵人介の養母。薙刀の達人でもある。八瀬の首長に連なる家の出身。

幸恵……蔵人介の妻。蔵人介との間に鐵太郎をもうける。弓の達人でもある。

綾辻市之進……幸恵の弟。徒目付として旗本や御家人の悪事・不正を糾弾してきた。剣の腕はそこそこだが、柔術と捕縄術に長けている。

串部六郎太……矢背家の用人。悪党どもの臑を刈る柳剛流の達人。

土田伝右衛門……公方の尿筒役を務める公人朝夕人。その一方、裏の役目では公方を守る最後の砦。武芸百般に通じている。

望月宗次郎……矢背家の隣人だった望月家の次男坊。政争に巻き込まれて殺された望月左門から蔵人介に託された。

叶孫兵衛……蔵人介の実の父親。天守番を三十年以上務めた。天守番を辞したあと、小料理屋の亭主になる。

鬼役 弐

刺客

対決鉢屋《はちや》衆

一

天保《てんぽう》二年（一八三一）、水無月大暑《みなづきたいしょ》。

陽は中天《ちゅうてん》にあり、三層の富士見櫓《ふじみやぐら》が夏雲にむかって屹立《きつりつ》している。

鬼役、矢背蔵人介《やせくらんどのすけ》の歩みはのろい。

長身痩軀《そうく》のからだに浅縹《あさはなだ》の継裃《つぎかみしも》を纏《まと》い、猫背ぎみに外桜田《そとさくらだ》御門をくぐる。

「殿、お顔の色がすぐれませぬぞ」

「案ずるな、だいじない」

と応じつつも、あたまがくらくらする。

「暑気にあたられましたか」

蟹《かに》のようなからだつきの供人《ともびと》が、なおも心配そうに声を掛けてきた。

矢背家用人《ようにん》の串部六郎太《くしべろくろうた》、柳剛《りゅうごう》流の達人である。

いざとなれば薩摩拵《さつまごしら》えの黒鞘《くろさや》から同田貫《どうたぬき》を抜き、悪党どもの臑《すね》を刈ってみせる。

「串部よ、鬼役が暑気にやられて倒れでもしたら洒落《しゃれ》にならぬ」

「仰せのとおり、これぞまさしく鬼の霍乱《かくらん》と嗤《わら》われてしまいます」

串部は軽口を叩きつつも、定斎屋《じょうさいや》から買った煎じ薬の「延命散《えんめいさん》」を袖にしのばせてくれた。

御殿の甍《いらか》は眩《まばゆ》くきらめき、白壁は熱気に燻《いぶ》しつくされている。

城勤めの連中は、大きな鍋のなかで弾ける炒《い》り豆とおなじだ。

干天《かんてん》つづきで濠《ほり》の水位もずいぶんと下がった。

この半月余り、雨は一滴も降っていない。

干涸《ひか》らびた水田に痩せた畑、日本全国の村々では娘売り、子殺し、地逃げ、強訴《ごうそ》、一揆《いっき》のたぐいが後を絶たない。不作つづきで米価は高騰し、庶民の喘《あえ》ぎが聞こえるなか、腹を空かした無頼漢《ぶらいかん》どもは江戸へなだれこみ、悪辣非道《あくらつひどう》な蛮行を繰りかえしている。いまや、押しこみ強盗、火付け辻斬りのたぐいは日常茶飯事となりつつあった。

「殿、桜田御門外にて昨日、長州《ちょうしゅう》の百姓が無礼討ちにされましたぞ」

「知らなんだな」

「百姓は領主の松平大膳大夫《まつだいらだいぜんだいぶ》さまに駕籠訴《かごそ》をこころみたものの、訴えを斥《しりぞ》けられたばかりか、敢えなく馬廻《うままわ》り役に斬られたのだそうです」

「無惨な」

「日《ひ》の本《もと》を北から南へ眺めわたしても、百姓の窮状は目を覆わんばかり。唯一、雲井《くもい》のむこうだけは別天地にござる」

雲井とは将軍のいる千代田《ちよだ》城本丸のことだ。

串部から皮肉まじりに指摘され、蔵人介は渋い顔でうなずいた。

「たしかに、上様は下々の事情をご存じにならない」

将軍家斉《いえなり》は世情にうとく、政事《まつりごと》は吏僚《りりょう》に任せきり、あいもかわらず飽食《ほうしょく》と淫蕩《いんとう》の日々をおくっている。

だからといって「嘆かわしい」とつぶやいても詮無《せんな》いはなし、一介《いっかい》の毒味役にはどうすることもできない。

蔵人介は「鬼役」と称する家斉の毒味役である。

たかだか役料二百俵の膳《ぜん》奉行、家禄を合わせても五百俵に足りぬ。

貧乏旗本《はたもと》の地位に甘んじながら、神経の磨《す》りへる役目を十九年もの長きにわたって務めあげてきた。

鬼役は、魚の小骨が公方《くぼう》の咽喉《のど》に刺さっただけでも斬罪となる。皿に髪の毛一本落ちていただけでも、切腹を申しつけられる。

これほど割の合わぬ役目もほかにない。

三日に一度は巡ってくる宿直《とのい》のおりは、亡き養父の教訓を諳《そら》んじつつ、いつも首を抱いて帰宅する覚悟をきめていた。

――毒を啖《くろ》うて死なば本望《ほんもう》。

なるほど、それが鬼役の気構えにちがいない。

蔵人介は焼けた玉砂利を踏みしめ、桔梗《ききょう》門へむかった。

本丸へ登城する者は、大手門、桔梗門か内桜田門を通過する。

蔵人介のような城勤めの連中は、下馬先で供人を帰さねばならない。

一方、大名は駕籠に乗ったまま門を抜け、十余名の供揃えで下乗橋《げじょうばし》へむかう。御三家を除くすべての大名は下乗橋手前で駕籠を降り、たった五人の供揃えで中之門へすすむ。そして、中之門から中雀門《ちゅうじゃくもん》を経て本丸御殿の玄関まで向かう道筋は、御三家といえども殿さまひとりで歩まねばならない。

大名が登城のため屋敷を出るのは辰《たつ》ノ五つ（午前八時）、下城は未《ひつじ》ノ八つ（午後二時）までにおおむね終了する。

炎天下の下馬先は、退城の主人を待つ大名家の供人たちで埋まっていた。葦簀《よしず》張りの茶屋が立ちならび、冷たい飲み物や軽食などを売っている。

一見したところ、広小路のような賑《にぎ》やかさだ。

「殿、そういえば、本日は嘉祥《かじょう》の儀《ぎ》にござりましたな」

「とぼけたことを抜かすな。月次《つきなみ》御礼のご登城で、これだけのお大名が集まるともうか」

串部は大名屋敷の警固《けいご》を仰せつかる陪臣《ばいしん》だったせいか、御上の主催する行事にあまり関心がない。

水無月十六日にとりおこなわれる嘉祥の儀は、八朔《はっさく》や玄猪《げんちょ》とならぶ重要な行事だ。そもそも、嘉祥とは室町幕府の鋳造《ちゅうぞう》した嘉祥通宝《つうほう》に由来し、嘉通は「勝つ」の語呂合わせから、武家に重んじられた。

暑い時期の疫病を除くべく、目上の者が目下の者に菓子や餅を振るまう。こうした慣習は室町時代の後期からはじまり、家康《いえやす》が嘉祥銭を拾って武運がひらけた逸話と相俟《あいま》って徳川《とくがわ》家の権威をしらしめる公式行事のひとつになった。

市井《しせい》でも銭十六文で菓子を買い、笑わずに食べる習慣があるという。

ともあれ、在府の大名は挙《こぞ》って登城しなければならない。

石高《こくだか》によって定められた大名の序列は、そのまま供人の序列でもあった。

格上の連中はあからさまに格下の連中を莫迦《ばか》にするので、下馬先はいつも殺気立っている。

蔵人介は桔梗門を面前にした。

ちょうど、豪勢な黒漆《くろうるし》塗りの網代《あじろ》駕籠が退城してくるところだ。

串部は「あっ」と低声《こごえ》を発し、眉を顰《ひそ》めた。

「長門《ながと》沢瀉《おもだか》の家紋、あれは毛利《もうり》のお殿さまですぞ」

毛利家長州藩三十七万石、駕籠の主は桜田御門外で百姓の直訴を黙殺した松平大膳大夫斉元《なりもと》（第十一代藩主）そのひとであった。

待ちかまえていた馬廻りが、駕籠の脇固めへと駆けだす。

大藩だけあって、供侍の数も群を抜いておおい。

と、そのとき。

葦簀張りの茶屋から、人影がひとつ飛びだしてきた。

襤褸《ぼろ》を着た百姓だ。

猿《ましら》のように顔が赤く、すばしこい。

瞬く間に供侍たちを追いこすや、網代駕籠をめがけ、一直線に駆けてゆく。

「殿、駕籠訴ですぞ」

「そのようだな」

駕籠訴とは、一命に替えて窮状を訴える非常手段だ。

たとえ訴えが正しくとも、訴人は罰を受けねばならない。

他藩の連中は四方に散り、事の成りゆきを見守っている。

百姓の行く手には、厳《いか》つい馬廻り役が立ちふさがった。

「ええい、控えよ。控えぬか、狼藉者《ろうぜきもの》」

「ひえっ」

馬廻り役が刀の柄《つか》に手をかけるや、百姓はすぐさま踵《きびす》を返した。

土壇場で命が惜しくなったのか、存外に根性のないやつだ。

百姓はこちらにむきなおり、脇目も振らずに駆けてくる。

「下郎《げろう》を引っ捕らえろ、それ」

長州藩の供侍たちが股立《ももだ》ちを取り、玉砂利を飛ばしながら追いかけてきた。

蔵人介はとばっちりを避けるべく、ひょいと脇へ退《ど》いた。

ところが、わざわざ退いたほうへ、百姓は駆けてくる。

「あの莫迦」

串部が蔵人介を庇《かば》うように躍りでた。

百姓はまっしぐらに駆けよせてくる。

まるで、正気を失った山猿のようだ。

前歯を剝《む》いて息を切らし、仕舞いには足を縺《もつ》れさせた。

「お助けを、どうか……お助けを」

山猿に泣きつかれ、蔵人介は手を差しのべた。

「殿、何をなされます」

串部に諫《いさ》められたところへ、供侍のひとりが追いついた。

「こら、差しでた真似をいたすな」

居丈高《いたけだか》な態度で叱りつけてくる。

そのひとことが、蔵人介の怒りに火を点《つ》けた。

「無礼な。差しでた真似とはどういう意味だ」

「説くまでもなかろうが」

駆けよせた供侍の後方から、別の太い声が聞こえた。

のっそりあらわれたのは、六尺を超える巨漢である。

あたまのてっぺんが尖《とが》り、目鼻口とも異様に大きい。

年齢は四十の手前か、魁偉《かいい》な面相の持ち主だった。

「その虫螻《むしけら》をお渡し願おうか」

「断る」

蔵人介はきっぱり言い、巨漢を睨《にら》みつけた。

「窮鳥《きゅうちょう》懐《ふところ》に入れば猟師も殺さず。誰であろうと、救いをもとめてきた者を見放すわけにはまいらぬ」

「狼藉者を庇うのか」

「駕籠訴は狼藉にあらず。領民の訴えに耳をかたむけるのが、一国を統《す》べる名君の証拠《あかし》なり」

「ぬわにっ、貴公、長州藩三十七万石に意見する気か」

「拙者《せっしゃ》は痩せても枯れても直参《じきさん》旗本。三十七万石だろうが百万石だろうが、遠慮のう意見させてもらう」

巨漢は一歩踏みだし、声の調子を落とした。

「頼む、満座で恥を掻《か》かさんでくれ」

もはや、下馬先にて駕籠訴をこころみられた時点で満天下に恥を晒《さら》したようなものだ。そのうえ、訴人の百姓を逃したとなれば恥の上塗り、とでも考えているのか、長州藩の供侍たちはみな、名状《めいじょう》しがたい焦燥を顔にうかべている。

蔵人介が黙して応じぬと、巨漢は腰の大太刀を叩き、脅しにかかった。

「虫螻を渡せ。渡さねば貴公を斬らねばならぬ」

「ふはは、抜くがよい。下馬先で刀を抜けば首が飛ぶ。御当主もご無事では済むまいぞ」

「くっ」

巨漢はことばに詰まり、すっと肩の力を抜いた。

「たいした度胸じゃ。拙者は長州藩馬廻り役支配、鉢屋又五郎《はちやまたごろう》。貴公は」

「本丸御膳奉行、矢背蔵人介」

「鬼役か、おぼえておこう」

鉢屋が踵を返すと、残りの連中もしたがった。

気づいてみれば、殿さまの乗った網代駕籠は下馬先から消えている。

百姓は、その場にへなへなとくずおれた。

串部は、興奮の醒《さ》めやらぬ顔で唾を飛ばす。

「あのでかぶつ、下馬先でなければ斬りすててやったものを。殿、この百姓、いかがいたしましょう。馬喰町《ばくろちょう》の公事宿《くじやど》へでもぶちこんでおきますか」

「長州の連中が虱《しらみ》つぶしに捜さぬともかぎらぬ」

「なれば、どういたします」

「とりあえず、屋敷へ連れていけ。ほとぼりがさめるまで面倒をみてやるがよい」

「へ、拙者がこやつの面倒を」

「これも何かの縁、詮方《せんかた》あるまい」

蔵人介は平然と言いはなち、困惑顔の串部に背をむけた。

二

あと小半刻《こはんとき》（三十分）もすれば、夕餉《ゆうげ》の毒味がはじまる。

蔵人介はいつもどおり、千代田城中奥《なかおく》の笹之間《ささのま》に待機していた。

笹之間は御膳所の東端に位置し、大厨房でつくられた料理はまっさきにここへ運ばれてくる。

本日は嘉祥の儀、登城の諸大名には将軍着座の大広間にて菓子が振るまわれた。

折敷《おしき》のうえに杉の葉を敷き、羊羹《ようかん》、鶉《うずら》焼、阿古屋《あこや》餅、金飩《きんとん》、麩《ふ》焼、熨斗鮑《のしあわび》などを載せる。折敷は大広間の二之間から三之間にかけて隙間《すきま》なく並べられ、それが半端な数ではない。

「台所方によれば、千五百膳は優に超えておったとか」

大仰《おおぎょう》に驚いてみせるのは、相番の桐原新左衛門《きりはらしんざえもん》である。

今春、ふたりの毒味役が「病死」を遂げたため、新たに補充されたうちのひとりだ。

亡くなったのは押見兵庫《おしみひょうご》と西島甚三郎《にしじまじんざぶろう》。両者とも次期老中をめぐる政争に関わっていた。押見は西島に毒殺され、西島は蔵人介の手で秘かに成敗《せいばい》された。毒味役の変死が表沙汰になれば、幕府の沽券《こけん》にも関わってくる。ゆえに、いずれも「病死」として処理された。

桐原はまだ若い。

御家人《ごけにん》の家に生まれたが、三年前、小禄旗本の婿養子になった。野心がある。毒味役を三年ほど務め、しかるべき上の地位へ引きあげてもらうことを切望していた。

そうした思惑が、痩せた面《おもて》に滲《にじ》みでている。

出世を望むのならば、尻尾《しっぽ》を振るべき相手はひとり、中野碩翁《なかのせきおう》ということになろう。碩翁は将軍家斉の寵愛《ちょうあい》厚いお美代《みよ》の方《かた》の養父、隠居の身でありながら職禄千五百石の小納戸頭取《こなんどとうどり》に留まりつづけ、笹之間もふくめた中奥全体を取りしきっている。

「碩翁さまが仰せになられましたぞ。毒味のいろはは矢背どのに訊《き》けと」

「ふうん、碩翁さまがさようなことを」

いちど、隅田《すだ》村の『有明亭《ありあけ》』なる高級料理屋に招かれたことがあった。趣旨は胡《う》散《さん》臭いもので、碩翁は蔵人介が居合の達人と知り、子飼いの刺客にならぬかと打診してきた。

手はじめに、隣人の望月左門《もちづきさもん》を抹殺せよともちかけられ、言下に断った。

爾来《じらい》、碩翁からは敵視されている。

それだけに、桐原の発言は意外だった。

「河豚《ふぐ》毒に毒草、毒茸《きのこ》に蟬《せみ》の殻《から》、なんでもござれ。毒を啖《くろ》うて死なば本望と心得よとは、ご先代のご遺言とか」

「それを誰に聞いたのだ」

「お気を悪くなされましたか。碩翁さまにござりますよ」

蔵人介は警戒した。

桐原という男、早晩、敵になるやもしれぬ。

「めずらしい姓の由来もお教えいただきましたよ。矢背は洛北《らくほく》の八瀬《やせ》の地に由来し、なんでも、八瀬の民は閻魔《えんま》王宮の使いにして、大王の輿《こし》を担ぐ力者《りきしゃ》であったとか」

「つまらぬことを詮索いたすな」

「いいえ、興味をそそられる由来です」

壬申《じんしん》の乱の際、天武《てんむ》天皇が洛北の地で背中に矢を射かけられた。そのとき「矢背」と名づけられた地名が、やがて「八瀬」と表記されるようになった。

八瀬の民は八瀬童子と呼称され、比叡山《ひえいざん》に隷属《れいぞく》する寄人《よりうど》であり、延暦寺《えんりゃくじ》の座主《ざす》や高僧、ときには皇族の輿を担ぐ力者だった。伝承によれば、この世と閻魔王宮のあいだを往来する輿かきの子孫とも、大王に使役《しえき》された鬼の子孫とも謂《い》われている。それゆえか、鬼を祀《まつ》ることでも知られ、集落の一角には「鬼洞《おにがほら》」なる洞窟があった。

「してみると、矢背どのは鬼の子孫と謂われた民の血を受けついでおられるわけでござるな」

「拙者は養子にすぎぬ」

矢背家は代々女系なので、血をひいているとすれば養母の志乃《しの》になる。

「へえ、てっきり矢背どのが直系かとおもいましたぞ。下馬先の一件も、鬼の血がそうさせたのではないかと」

「ん、存じておったのか」

「城内じゅうの評判でござるよ。窮鳥懐に入れば猟師も殺さず。矢背どのは巨漢の長州藩馬廻り役に堂々と吐きすてた。下馬先にて駕籠訴の百姓を助けるとは天晴《あっぱ》れな振るまい。三十七万石の大大名をむこうにまわし、よくぞ直参の意気地《いきじ》をみせてやったと、御大身《ごたいしん》の御歴々までが喝采《かっさい》をおくっておられます。一方、大名の陪臣どもは忸怩《じくじ》たるおもいで歯軋《はぎし》りをしておるとか。事と次第によってはこの一件、鍵屋《かぎや》の辻《つじ》の二の舞になるのではと、秘かに期待するむきもあるのですよ、ふふ」

「鍵屋の辻だと」

寛永《かんえい》十一年（一六三四）霜月《しもつき》、岡山《おかやま》藩士の渡辺数馬《わたなべかずま》は荒木又右衛門《あらきまたえもん》の助太刀を得、伊賀上野《いがうえの》鍵屋の辻にて弟の仇《かたき》である河合又五郎《かわいまたごろう》を討った。河合を庇護《ひご》する旗本と渡辺に仇を討たせようとする大名とのあいだで思惑が錯綜《さくそう》し、天下の注目を集めた争いは大名側の勝利に終わった。

これはあくまでも侍同士の仇討ちだが、このたびも大名と旗本が双方の威信をかけて争う点は似ていなくもない。

「大袈裟《おおげさ》な。誰が何を期待しておるのか知らぬが、長州と事を構える気持ちなどさらさらない」

「されば、ひとつ興味深いおはなしをしてさしあげましょう。矢背どのと対峙《たいじ》した鉢屋又五郎なる輩《やから》、姓のとおり鉢屋衆の末裔《まつえい》にございます」

「ほう」

蔵人介の片眉がぴくりと動いた。

そのむかし、山陰地方を本拠地とする草《くさ》の者に、飯母呂《いぼろ》と呼ばれる一族があった。天慶《てんぎょう》の乱で平将門《たいらのまさかど》に与《くみ》したが、将門が逆賊として成敗されたのち、全国へ散った。このとき、筑波山《つくばさん》に逃げた一群は風魔《ふうま》となり、のちに北条《ほうじょう》氏の翼下で暗躍する。

一方、洛北八瀬の岩屋に隠れ、強盗となった一群があった。

この連中はあるとき、空也上人《くうやしょうにん》の館へ押しいった。が、諭されて改心し、四条《しじょう》、五条《ごじょう》河原あたりに苫屋《とまや》を築いて暮らしはじめた。上人の教えどおり、念仏を唱えながら托鉢《たくはつ》で生計《たつき》をたて、托鉢のときは瓢箪《ひょうたん》を輪切りにした鉢を叩いて歩いたという。

それ以降、鉢屋者とか苫屋鉢屋と呼称された一団は戦国の世を迎え、ふたたび、間諜《かんちょう》や密偵として暗躍するようになった。

「信長《のぶなが》公による比叡山焼き討ち以降、八瀬童子は禁裏《きんり》との関わりを深めたやに聞いております。天皇家の影法師とも呼ばれ、隠密働きをおこなうようになったとか。かたや、信長公は鉢屋衆を麾下《きか》に抱えていた。草履取りから仕えた太閤秀吉《たいこうひでよし》も、鉢屋衆の出であったと聞きます。してみると、八瀬と鉢屋の両者は仇敵《きゅうてき》同士ということになる。なにやら、因縁めいたものをお感じになられませぬか」

「くだらん」

「噂によれば鉢屋又五郎なるもの、出自のゆえか藩への忠誠心が薄く、好んで様《ため》し斬りをおこなう癖があるとか。昨日、桜田御門外にて百姓を胴斬りにしたのも、鉢屋であったと聞きました」

「桐原どの、わしを煽《あお》ってどうする」

「ふふ、わたしは秘かに矢背どのを敬慕《けいぼ》しておりましてな。もしやるなら、是非とも勝っていただきたい。ま、何はともあれ、こうして鬼役になったのも何かの縁、いろいろとご教授くだされ」

　蔵人介はこたえるかわりに、軽くうなずいた。

　桐原は、さも楽しそうにつづける。

「矢背どの、夕餉に饗される一の膳の汁はつみれ、向付《むこうづ》けは鱸《すずき》の刺身に酢の物。二の膳の吸物は鱸の木の芽和《あ》え、皿には鱚《きす》の塩焼きと付け焼き、置合《おきあ》わせは蒲鉾《かまぼこ》と玉子焼、お壺《つぼ》は鱲子《からすみ》だとか」

「式日《しきじつ》ゆえ、尾頭《おかしら》付きもある」

「真鯛《まだい》でござるな、忘れてはおりませぬぞ。それこそが厄介《やっかい》な代物《しろもの》、かたちをくずさず上手に骨を取らねばなりませぬ。鬼役一筋十九年のお手並み、今宵はじっくり拝見させていただきましょう」

やがて、襖《ふすま》が静かにひらき、毒味の膳がうやうやしく運ばれてきた。

蔵人介は威儀を正し、ぱんぱんと柏手《かしわで》を打った。

じっと眸子《まなこ》を瞑《つむ》り、おのれを明鏡止水《めいきょうしすい》の境地へ導いてゆく。

はっと目を見開いたときは、達観したような顔つきに変わっていた。

もはや、相番の桐原も小納戸衆も、意識の外に追いやられている。

包丁方の調理した品々だけが、視野に浮かびあがった。

蔵人介は、自前の竹箸をおもむろに取りだした。

懐紙で鼻と口を押さえ、箸を器用に動かしながら一の膳に取りかかる。

ほとんど瞬きはしない。睫毛《まつげ》一本でも落とすことはできないのだ。

公方が口にする料理に息が掛かるのも不浄とされ、箸で摘《つま》んだ切れ端を口へ運ぶだけでも気を遣う。一連の動作をいかに短く正確におこなってみせるかが、鬼役の腕のみせどころだった。

一の膳の汁からはじまり、向こう付けに平椀、二の膳の吸物、皿というふうに、毒味は淡々とすすんだ。そして、蔵人介がいよいよ鯛の尾頭付きに挑みかかると、桐原は身を乗りだした。

式日のほかにも月の朔日《ついたち》、十五日、二十八日の三日間は「尾頭付き」と称し、かならず鯛か平目《ひらめ》が膳に並べられる。

尾頭付きは鬼役の鬼門《きもん》であった。

竹箸で丹念に骨を取り、原形を保ったまま、身をほぐす。頭、尾、鰭《ひれ》の形状を変えずに骨を抜きとることは、熟練を要する至難《しなん》の業《わざ》だ。

が、蔵人介はいとも簡単に役目をこなしてゆく。

洗練された手並みに、桐原は感嘆の色を隠せない。

半刻《はんとき》（一時間）は掛かるところを半分以下でやってのけ、すべての膳が「お次《つぎ》」へ運ばれるのをたしかめたのち、蔵人介は竹箸と懐紙を仕舞った。

汗ひとつ掻いていない。

「お見事」

桐原は感嘆してみせた。

褒《ほ》められる謂われはない。役目を果たしたまでのことだ。

「拙者も早う、矢背どのの域まで到達したいものでござる」

それは無理だと告げるかわりに、蔵人介は人差し指ですっと眉を撫《な》でた。

わずかな沈黙が流れ、桐原は話題を変えた。

「所作《しょさ》のひとつひとつが、武芸の形に通じている。そういえば、矢背どのの差料《さしりょう》は長柄刀《ながつかとう》でござるな」

「いかにも」

「もしや、田宮《たみや》流の抜刀《ばっとう》術を修められたのでは」

「よくご存じで」

「長柄刀といえば田宮流、多少とも剣術を嗜《たしな》む者であればわかります。失礼ながら本身《ほんみ》は」

「来国次《らいくにつぐ》」

腰反《ぞ》りの強い猪首《いくび》の刀だ。

「大太刀を磨きあげた逸品でござるな」

「さよう」

「ちなみに、鉢屋又五郎の得物《えもの》は備前長船長光《びぜんおさふねながみつ》の物干竿、三尺を優に超える大太刀だとか。肝心の流派は、櫓《やぐら》落としの霞《かすみ》流」

「おぬし、やけに詳しいな」

「それくらいのことは、いまや、誰もが知っておりますよ」

老練な策士のように微笑《ほほえ》む桐原は、どうしても双方を対決させたいようだ。

「望むと望まざるとにかかわらず、いずれ天命がくだりましょう」

「ふん、その手は桑名《くわな》の焼き蛤《はまぐり》さ」

煽られても動じることはないが、蔵人介は久方《ひさかた》ぶりに強敵と立ちあってみたい衝動に駆られた。

三

矢背家は市谷《いちがや》の浄瑠璃《じょうるり》坂を登ったさき、大小の武家屋敷が雑然と立ちならぶ御《お》納戸町《なんどまち》にある。町名のとおり、城勤めの納戸方がおおく住み、御用達を狙う商人の出入りがめだつところから「賄賂町《まいないちょう》」などと揶揄《やゆ》されていた。

宿直の明けた翌日、蔵人介は炎天のなかを宿駕籠《しゅくかご》に揺られて家路についた。

用人の串部は駕籠の脇を、全身汗みずくで走っている。

駕籠に揺られていても、汗は毛穴から止めどもなく噴《ふ》きでてきた。

暑い。

こうまで暑いと、誰かを斬ってしまいそうで怖くなる。

鉢屋又五郎の顔が浮かんだ。

「自重《じちょう》せねば」

今年は四十三の後厄《あとやく》。厄を抜けるまでは何事につけても油断は禁物と、肝に銘じている。

おもえば去年の暮れから、凶事ばかりがつづいた。

師走《しわす》には、寒さに震えながら幕府の奥金蔵を狙う群盗《ぐんとう》と対決し、春先になってからは、大奥《おおおく》をも巻きこむ政争の渦中に引きずりこまれた。中奥で権勢を振るう碩翁からは目をつけられ、慈父《じふ》とも慕っていた若年寄《わかどしより》の長久保加賀守《ながくぼかがのかみ》に裏切られた。

飼い主の加賀守を斬ったことで、裏の役目は消えた。

――幕臣どもの悪事不正を一刀のもとに断つ。

養父から受けついだ暗殺御用が消え、肩の荷は降りたものの、なんとなく物足りなさも感じている。

　贋作《がんさく》とわかった愛刀の藤源次助眞《ふじげんじすけざね》は折れ、それをきっかけに人斬りを封印するつもりが、おなじような反りの深い来国次を求めたのも、疼《うず》く気持ちが残っていたからにちがいない。

　修羅場《しゅらば》で剣を振るってこそ、おのれの生きる道はある。

　耳許《みみもと》で囁《ささや》くのは、心の底に潜む悪鬼羅刹《あっきらせつ》であろうか。

　駕籠脇を走る串部は、蔵人介が刃に掛けた長久保加賀守の家来だった。

　非道な手を使う主人に嫌気がさし、蔵人介に忠誠を誓うようになった。

　かつて、裏の役目に就いていた経緯《いきさつ》を知るのは、串部ひとりだけだ。

　駕籠は浄瑠璃坂を登りつめ、ゆるゆると半丁（約五五メートル）ばかり進んでいった。

「殿、門前にござります」

「おう」

　駕籠から降りると、家人に総出で迎えられた。

　養母の志乃を筆頭に、気丈な妻の幸恵《ゆきえ》、一粒種の鐵太郎《てつたろう》、下男の吾助《ごすけ》に女中頭《がしら》のおせき、女中奉公にきている町屋の娘がふたり、そして下馬先で拾った山猿が一

四、冠木門《かぶき》のところで一斉にお辞儀をしてみせる。
「お戻りなされませ」

昂《たか》ぶった口調で発する幸恵も、志乃もどことなく誇らしげだ。

「父上、お戻りなされませ」

鐵太郎までが瞳を輝かせ、志乃に頭を撫でられている。

「貴方《あなた》は立派なことをなされましたね。さすがは矢背家のご当主と、ご近所でも評判になっておりますよ」

胸を張る志乃の顔を、穴があくほどみつめた。

「養母上《ははうえ》、立派なこととはなんです」

「おとぼけなさるな。茂平《もへい》さんを助けてあげたではありませんか」

「茂平」

どうやら、山猿のことらしい。

年は二十三か四、下馬先では気づかなかったが、存外に若い男だ。

ぺこりとあたまをさげる茂平にたいし、誰もが親しげな目をむける。

「茂平さんは働き者です。それに、ふふ、剽軽《ひょうきん》なお人柄でいらしてね、みなを笑わせてくれるのですよ」

「はあ」

志乃のことばを受けながし、蔵人介は粗末な冠木門を潜《くぐ》った。

春の淡い色が新緑に彩《いろど》られるころまで、矢背家の面々は納戸頭望月左門の拝領地を二百坪ほど借りうけ、肩身の狭いおもいをしながら暮らしてきた。

門は御家人並みの冠木門、家屋は百坪そこその平屋、旗本にしては情けないほど簡素な造りだ。

蔵人介は継裃を脱いで着替えると、風通しのいい縁側へむかった。

踏み石のところに水を張った桶が仕度されており、素足を浸すとようやく人心地《ひとごこち》がついた。

「冷たいお水をどうぞ」

「それがなによりの馳走《ちそう》じゃ」

幸恵が手柄杓《てびしゃく》で汲《く》んだ井戸水を、蔵人介は一気に飲みほした。

水に浸した手拭いを月代《さかやき》に置き、前のはだけた恰好《かっこう》でぼうっとする。

「これぞ至福《しふく》」

「そうでしょうとも」

妻の声が遠ざかり、午後の微睡《まどろ》みがおとずれる。

縁側からのぞむ垣根のむこうは、かつて望月家の裏庭だった。が、いまや、豪壮《ごうそう》な家屋敷は跡形もなく消え、火除地《ひよけち》となっている。

「すっかり雑草が生えちまって、切ねえこった」

庭箒《ほうき》の柄を握った吾助が、誰に告げるともなくこぼした。

今は亡き望月左門は「高《たか》の人」と尊称される大身の旗本、上州《じょうしゅう》に三千石の知行地《ぎょうち》を有していた。ところが、次期老中をめぐる泥沼の政争に深く関わり、自刃《じじん》に追いこまれたうえに家屋敷まで焼かれた。抹殺されたのだ。

陰惨《いんさん》な命令を下した張本人は蔵人介の元飼い主、若年寄の長久保加賀守にほかならなかった。望月は加賀守と老中職を争った林田肥後守《はやしだひごのかみ》、ならびに碩翁一派の金庫番だった。いったんは寝返ったが、悪事の数々が露顕《ろけん》するのを懼《おそ》れた加賀守によって抹殺された。

千代田城の奥金蔵《おくかねぐら》荒らし、大奥への阿片《アヘン》流出など、あらゆる陰謀の黒幕であった加賀守を、蔵人介は正義の剣で葬った。だが、からくりの全容は解明されることもなく、望月家は曖昧《あいまい》な理由で改易《かいえき》とされた。知行地は召しあげられ、灰燼《かいじん》に帰《き》した拝領地は火除地となりかわったのである。

吾助は茂平をともない、こぢんまりとした菜園から枝豆を収穫してきた。

「お殿さま、おせきに茹《ゆ》でさせましょう」

矮軀《わいく》の老爺《ろうや》は真っ黒な皺顔《しわがお》をくしゃくしゃにさせて笑い、茂平ともども勝手場へ消える。

吾助とおせきの出自は八瀬の山里だった。先代から仕えているので、矢背家とともに歩んだ歴史は蔵人介よりも古い。ことに吾助は生き字引のように昔日《せきじつ》の出来事を記憶しており、志乃からも重宝《ちょうほう》がられていた。

それにしても、広大な拝領地のなかで、この北寄りの一角だけが焼けのこったのは奇蹟というしかない。しかも、望月左門の生前、志乃が切坪《きりつぼ》（分筆《ぶんぴつ》）の手続きをおこなっていたおかげで、家屋敷を召しあげられずに済んだ。

志乃は気高《けだか》く、薙刀《なぎなた》の名手でもあり、凜《りん》とした物腰は対座する相手を怖《お》じ気《け》づかせた。そうした姑《しゅうとめ》と張りあっているのが、なよやかな外見とはうらはらに剛毅《ごうき》な一面をもつ幸恵だった。

矢背家に嫁いでおよそ七年、淑《しと》やかな妻を装い、健気《けなげ》な嫁を演じてきた。嫁いだ当初は顔つきも小娘のようにふっくらしていたが、子を産んだ途端に顎《あご》の線が鋭くなった。

小笠原《おがさわら》流の弓術を修め、三十間《けん》(約五五メートル)余りさきに設《しつら》えた的の真ん中を射抜いてみせる。曲がった道も四角に歩く徒目付《かちめつけ》の家に育っただけあって、こうと決めたら一歩も譲らぬ頑固な一面を持ち、昨年の霜月、鐵太郎が袴着《はかまぎ》の儀《ぎ》を済ませてからは、志乃の意見にも左右されず、家を切り盛りするようになった。

——姉上には太刀打ちできませぬ。

そうこぼすのは、幸恵の実弟綾辻市之進《あやつじいちのしん》だった。三十になっても独り身の市之進は融通の利かぬ徒目付で、飯田町《いいだまち》俎河岸《まないたがし》の実家から月に一度は遊びにやってくる。

水桶に素足を浸けていると、幸恵が焙《ほう》じ茶を淹《い》れてきた。

「少し、よろしいですか」

「ん、なんじゃ」

「茂平さんのことです。義母上《ははうえ》はお気軽に構えておられますが、わたくしは心配でなりません」

「なぜ」

「昨夕、市之進がまいりました。綾辻の親戚筋で不幸がありましてね、お通夜の日取りなどを報《しら》せに」

「ほう」

「下馬先の一件を尋ねてみますと、御目付衆《おめつけ》のあいだでも噂になっているとか」

「問責でもあるかな」

「そうは申しておりませなんだが、厄介事に巻きこまれるやもしれぬと」

長州藩は然《しか》るべき地位の者を使者に立て、蔵人介が百姓を助けたのは怪《け》しからんと、幕閣《ばっかく》へねじこむにちがいない。そう、市之進は指摘していた。

無論、相手が三十七万石の大名とはいえ、幕府もほいほい応じるわけにはいかない。

理は蔵人介のほうにある。

「あの場面で茂平を救わねば、武辺不覚悟《ぶへんふかくご》の誹《そし》りを受けたに相違ない」

幕臣の面目を保ったと褒められこそすれ、罰せられることはなかろう。

蔵人介を罰してしまえば、幕府の屋台骨を支える旗本八万騎が黙ってはおるまい。

「むしろ、上様のお膝元で駕籠訴を受けねばならぬ長州藩の実状こそ、問われて然るべきだろうな」

ただ、幕閣のお歴々も事を穏便《おんびん》におさめたいのが正直なところで、茂平を長州藩へ引き渡せと暗に命じてくるのは必定《ひつじょう》。難しいのはそうなったときの対処の仕方だ。

「引き渡したら最後、茂平は国元へ護送され、磔《はりつけ》にされるであろうな」

「されば、どういたせばよろしいのでしょう」

「幸恵、それがわかれば苦労はせぬ」

重い沈黙が流れた。

こほんと空咳《からせき》が聞こえ、串部が庭へあらわれた。

茂平の首根っこを押さえ、引きずるように連れてきたのだ。

「殿、こやつに質《ただ》さねばならぬことがござります」

「ふむ、そうであったな」

駕籠訴を全《まっと》うできなかった理由を、いちおうは質さねばなるまい。

「おい、茂平」

厳しい口調で呼びつけると、茂平は膝を折って平伏《ひれふ》した。

まるで、白洲《しらす》に引きずりだされた罪人も同然だ。

「桜田の御門外で斬られたのは、おぬしの知りあいか」

「へえ、叔父の嘉助《かすけ》にございます」

ふたりは周防《すおう》熊毛《くまげ》郡萩《はぎ》領岩田《いわた》村の出身で、一日に粟粥《あわがゆ》一杯しか食えぬ村の惨状を訴えるべく、わざわざ長州くんだりから江戸へやってきた。

「わしらは水呑み百姓じゃ」

籤引《くじび》きで村の代表に選ばれ、上方《かみがた》経由の樽廻船《たるかいせん》にひそんで江戸入りを果たした。名主《なぬし》は話のわかる人物で、国元の役人に年貢米《ねんぐまい》の軽減を談判してやろうと申しでた。そんな名主の反対を押しきり、駕籠訴という手段に訴えでなければならぬほど、村の実状は切羽《せっぱ》つまっていた。

なにもそれは、周防の一郡一村にかぎったはなしではない。長州藩は銀八万貫の負債を抱え、財政が破綻《はたん》しかけている。ここ数年来、年貢米の徴集は酷烈《こくれつ》をきわめ、領内のそこかしこで百姓の憤懣《ふんまん》が暴発寸前のところまできていた。

そうした背景があっての駕籠訴である。

「茂平よ、叔父の嘉助は信念を貫いて斬られたが、おぬしは肝心なところで臆病《おくびょう》風《かぜ》に吹かれた。そういうことか」

「おっかねえ鉢屋さまの顔をみたら、女房とがきの顔が過《よ》ぎりました」

「子はいくつだ」

「上が六つ、下が三つで」

可愛い盛りの幼子と別れ、茂平は江戸へ死ににきた。

駕籠訴をやった者は本人のみならず、妻子も厳罰に処せられる。

ゆえに、茂平は泣く泣く妻子の籍を抜き、赤の他人になった。

隣でかしこまる幸恵が、目頭をそっと押さえる。

臆病者の茂平への怒りが、砂へ吸いこまれるように消えていった。

蹲《つくば》い同心《どうしん》のように控える串部の眸子も、心なしか潤んでみえる。

「厄介になりつづけるわけにゃいけん」

茂平は平伏したまま、つっと猿顔をあげた。

「お殿さま、わしを抛《ほう》っちょってくだされ」

「それはできぬ相談だ。のう、串部」

「はあ」

「茂平、はやまるなよ。おぬしが余計なことをすれば、こっちに迷惑が掛かるのだからな」

「へえ」

額を土に擦《こす》りつける茂平を見下ろし、蔵人介は溜息《ためいき》を吐《つ》いた。

このままではいっそう深みにはまり、二進《にっち》も三進《さっち》もいかなくなる。

下馬先で百姓を助けたときから、こうなることは予想できていた。

四

翌朝、矢背家の面々は上野《うえの》の不忍池《しのばずのいけ》へやってきた。

志乃の提案で「蓮見《はすみ》をしよう」ということになったのだ。

朝未《まだ》きから靄《もや》のたちこめた池に舟を浮かべ、紅白の花がぽんぽんと弾けるように咲くさまを堪能《たんのう》する。

暇な風流人の楽しみだが、憂《う》さ晴らしにはちょうどよい。

ひんやりした薄明《うすあかり》の空気も清々《すがすが》しく、東雲《しののめ》の空が明るくなるころには荘厳《そうごん》な気分を味わうこともできるだろう。

池畔で二艘《そう》の蓮見舟を仕立て、一番舟には蔵人介と串部、それから、誘われて駆けつけた義弟の市之進が乗りこんだ。二番舟には志乃と幸恵と鐵太郎が乗り、茂平も幇間《ほうかん》よろしく便乗している。

古くは忍《しのぶ》が岡《おか》と呼ばれた上野の杜《もり》は朝靄にかすみ、風に流された靄の狭間《はざま》に寛永寺《かんえいじ》の甍が見え隠れする。池にはおおくの舟が出ていた。ほとんどは蓮の葉摘みを生業《なりわい》にする小舟だ。

摘まれた蓮の葉は池畔の料理茶屋にも売られ、名物の蓮の葉飯になる。

帰りはみなで蓮の葉飯か鰻《うなぎ》飯を食っていこうと、蔵人介は決めていた。

東叡山《とうえいざん》寛永寺は名称どおり、比叡山延暦寺を模して建立《こんりゅう》された。

不忍池は琵琶《びわ》湖、まんなかに浮かぶ弁天島は竹生《ちくぶ》島の代わりだ。

おもえば、八瀬童子は比叡山の寄人であった。八瀬の地に縁がある矢背家にとって、上野はただの行楽地ではない。困ったときの神頼みではないが、気丈《きじょう》を装う志乃にも神仏の加護に縋《すが》りたい気持ちがあるのだろうと、蔵人介は邪推した。

二番舟からは陽気な笑い声が聞こえてくる。志乃は松葉色の青海波《せいがいは》、幸恵は空色の観世水《かんぜみず》、女たちの纏《まと》う華やかな着物は行楽気分を盛りあげていた。

市之進が隣で欠伸《あくび》を嚙《か》みころす。

「あの山猿、ずいぶん気に入られているようですな」

「そうおもうか」

「ええ、ことに小母上《おばうえ》には」

「いっそ、嫌われてくれたほうがよかったかもしれん」

「追いだす口実ができましょうからな」

市之進は皮肉めいた口調でこぼし、肩をすくめた。

青々とした月代頭に海苔《のり》を貼ったような太い眉、でかい鼻に厚い丹唇《くちびる》、どう眺めても姉の幸恵とは似ていない。

市之進は四角四面の徒目付、旗本や御家人の悪事不正を糾弾《きゅうだん》してきた。そのせいか、憎まれ役がすっかり板についた太々《ふてぶて》しい面構えになった。

「義兄上《あにうえ》、幾ばくかの路銀《ろぎん》でも持たせ、国元へ帰したらいかがです」

「それも考えた。されど、茂平は承知すまい。今のままでは、村の連中に合わせる顔がないからな」

「さりとて、いつまでも屋敷へ置いておくわけにはまいりませんぞ」

「わかっておる。ところで、長州藩の動きはどうだ」

「御重臣方《じゅうしん》へ内々に打診はあった模様です。御老中《ろうじゅう》の水野《みずの》さまから御目付の板東《ばんどう》外記《げき》さまへ、長州藩の顔を立ててやるようにとの指示があったやに聞きました。早晩、板東さまの御使者が御納戸町の御屋敷へ馳せさんじましょう」

「さようか」

「動じませぬな」

「予想はしていたことだ」

「なれば、先方が茂平のみならず、義兄上のお命をも望んでいると申しあげたら、どうなされます」

「腹でも切らせろと、ねじこんできたのか」

「そのようです」

「笑止《しょうし》な」

「無論、水野さまも一笑《いっしょう》に付されたと聞きますが、御重臣方も下手に事を荒立てたくはない。茂平を渡すか、腹を切るか、板東さまの御使者は義兄上に無理筋の決断を迫ってくるやもしれませぬ。いかがなされます。百姓ひとりのために腹を切る覚悟がおありですか」

ぽんと、蓮の花が爆《は》ぜた。

船頭はゆったりと棹《さお》を操り、小舟は乳色の靄のなかを静かに滑りだす。

気づいてみれば、二番舟から笑いは消えていた。

艫《とも》に座る串部は何かの予兆でも感じたのか、二番舟の舳先《へさき》をじっとみつめている。

「市之進よ、おぬし、わしを愚弄《ぐろう》する気か」

蔵人介は、めずらしくも気色《けしき》ばんだ。

「百姓は国の礎《いしずえ》、百姓があればこその侍ではないか。茂平も礎の一片。これを冒す者があれば、誰であろうと斬る。侍の一分《いちぶん》が立つというのなら、わしはいつなりとても喜んで腹を切るつもりだ」

「さすがは義兄上、感服《かんぷく》いたしました」

「ま、そうは言っても命は惜しい。御使者がみえるまえになんとかせねばな」

ふっと苦笑いを浮かべた瞬間、串部が呻《うめ》くように吐きすてた。

「殿、こちらから仕掛けるまでもなさそうですぞ」

「くせものか」

「御意《ぎょい》」

「どこにおる」

「水底に」

ぽんと、蓮の花がまた爆ぜた。

「わあ、咲いたよ」

と、鐵太郎が遠くで歓声をあげる。

刹那《せつな》、左右の水面が盛りあがった。

ざばっと、大量の水飛沫《みずしぶき》が跳《は》ねあがる。

と同時に、柿色装束の影がふたつ舞いあがった。

「しぇいっ」

串部は腰溜《だ》めに構え、同田貫を抜きはなつ。

「ぎゃっ」

抜き際《ぎわ》の一閃《いっせん》でひとり目の両臑を薙《な》ぎ、有無を言わせず、ふたり目を袈裟懸《けさが》けに斬りさげた。

ふたつの影が水に落ちた途端、舟は大揺れに揺れた。

「殿、市之進どの、二番舟を」

串部は叫びあげ、池に飛びこんだ。

すでに、蔵人介も市之進も飛びこんでいる。

柿色覆面の影が別にふたつ、二番舟の舳先を揺らし、舟縁《ふなべり》に齧《かじ》りついたところだ。

幸恵は鐵太郎を小脇に抱え、艫のほうへ逃げだした。

茂平もいっしょに逃げる。

志乃は袖に素早く襷《たすき》を掛けるや、震える船頭を怒鳴りつけた。

「棹をよこしなさい」

「へ」

棹を奪いとるや、舟上のまんなかで撞木足《しゅもくあし》に構え、棹の先端をぴたりと青眼《せいがん》に制止する。

「お相手つかまつる。来ませい」

志乃は腹の底から喝《かつ》しあげ、棹をぶんと横薙ぎに振った。

「小癪《こしゃく》な婆さまじゃ」

くせもののひとりが忍び刀を抜き、無造作《むぞうさ》に斬りかかる。

「たっ」

志乃は鋭く棹を旋回させ、くせものの臑を強打した。

「うぬっ」

打たれた男が声を漏らし、がくっと片膝をつく。

「へやっ」

すかさず、志乃は踵《かかと》を軸にからだを一回転させた。

勢いに乗った棹が猛然と撓《しな》り、真横から男の頬《ほお》をぶちのめす。

「ほげっ」

覆面男は白目を剝《む》き、水面へ転げおちた。

棹はまっぷたつに折れている。

志乃は棹を捨て、胸もとの短刀を袋ごと握りしめた。

四人目のくせものが、低い姿勢で迫ってくる。

「婆さまとて容赦はせぬぞ」

右手に忍び刀を掲げ、上段から斬りつけようとするや、くせものは「うっ」と呻いた。

眸子を瞠《みは》り、顔から舟板に落ちてゆく。

舟が大きく揺れた。

柿色装束の背中には、長柄刀が深々と刺さっている。

舳先には、全身ずぶ濡れの蔵人介が立っていた。

「遅い」

志乃は眦《まなじり》を吊り、叱責《しっせき》のことばを吐いた。

「申しわけございませぬ」

蔵人介は頭《こうべ》を垂れる。

市之進が遅ればせながら、舟縁へ這《は》いあがってきた。

串部は棹で打たれた男を水中に追い、脇差《わきざし》でとどめを刺す。

水面に鮮血の輪がひろがり、咲いたばかりの花を凄艶《せいえん》にみせた。

幸恵は志乃同様に毅然《きぜん》と構え、鐵太郎の顔を手で覆いもしない。

鐵太郎は眉間《みけん》に皺《しわ》を寄せ、あるがままの惨状を目に焼きつけた。

茂平は艫をつかみ、半泣き顔で震えている。

舟上に伏せた屍骸《むくろ》をあらため、市之進が濡れ髪をかたむけた。

「義兄上、こやつら、長州の忍びでしょうか」

「鉢屋衆さ」

間髪《かんはつ》を容《い》れず、蔵人介は応じた。

「戦国の世でもあるまいに、いまだ、さような得体の知れぬ一群を飼っていようとは」

「不愉快な連中だ。みずからの言い分が通りそうになければ、卑劣な手段に打ってでる。是が非でも藩の体面を守りたいのであろう。ともあれ、養母上のおかげで賊を撃退できました」

「九死に一生を得たとは、このことですね」

剛毅な養母は会心《かいしん》の笑みを浮かべ、幸恵に目配せを送る。

やがて、東涯《とうがい》に陽が昇り、薄衣《うすぎぬ》を引くように靄が晴れた。

二艘の小舟は水面を滑り、弁天島の裏側へ消えていった。

五

水無月二十日、江戸に雷雨あり。

記録によれば、死者十二名とある。

雷雨の去った翌二十一日、茂平が消えた。

書き置きをのこし、夜の明けきらぬうちにそっといなくなったと知り、志乃は「可哀想に」とこぼしたきり、朝から仏間に籠《こ》もった。

茂平の無事を祈っているのか。

それとも、茂平が本懐《ほんかい》を遂《と》げることを願っているのか。定かではない。

串部は、茂平の足取りを追っている。

長州藩に出頭する恐れもあるが、おそらく、そうはすまい。

なんらかの決意を胸に秘め、茂平はすがたをくらましたのだ。

「これを」

幸恵の差しだした書き置きには、拙《つたな》い筆跡《て》で「みなさま　かんしゃしちょります　このごおんはわすれません」とだけ記されてあった。

っている。

「蓮見舟の一件以来、鬱《ふさ》ぎこんでおりましたから」

幸恵は疫病神《やくびょうがみ》が消えてほっとしている反面、少しばかり罪なことをしたとおもっている。

茂平はさらなる迷惑が掛かることを怖れ、屋敷を抜けだした。金もなく、頼る者とてない江戸の片隅で、寂しいおもいをしているのだ。

困っている者を最後まで守ってやることもできず、武家の妻女として恥ずかしい。ことばを尽くして諭してやれば、茂平は屋敷に踏みとどまってくれたかもしれない。それをおもうと、つれない態度をみせたことが悔やまれてならない。どうしても出ていくというのなら、せめて餞別《せんべつ》を渡してやりたかったと、幸恵は嘆いてみせる。

「茂平は菜園を倍にひろげてくれたそうです。吾助もおせきも火が消えたようだと嘆いております」

「嘆くことはない。茂平は感謝しているさ」

「そうでしょうか」

「そうだとも」

志乃も幸恵も何やかやと気を遣っていたし、鐵太郎もよく懐《なつ》いていた。

勝手場では吾助やおせきたちと語らいながら、丼飯をたいらげていたではないか。

つかのまではあったが、茂平は家族の温かみを感じてくれたにちがいない。

「ちょっと寂しい気がいたします」

幸恵は、安堵《あんど》と不安の入りまじった溜息を吐いた。

茂平がいなくなったからといって、蔵人介から危機が去ったわけではない。

長州藩の連中は、吹けば飛ぶような貧乏旗本に面子《メンツ》を潰されたとおもっている。

不忍池の一件でもあきらかなとおり、蔵人介の命を所望しているのだ。

だが、雄藩《ゆうはん》の当主である斉元が暗殺を命じたとは考えにくい。串部の調べによれば、藩の実権を握るのは葛飾鎮海園《かつしかちんかいえん》に依拠《いきょ》する前藩主の斉熙《なりひろ》であり、得体の知れない連中はまちがいなく、斉熙の指図で動いていた。

鉢屋衆を率いる鉢屋又五郎とは、どのみち決着をつけねばなるまい。

――望むと望まざるとにかかわらず、いずれ天命がくだりましょう。

脳裏に浮かぶのは、桐原新左衛門のことばだ。

桐原によれば、鉢屋は三尺余りの大太刀を軽々と操る剛毅《ごうき》無双《むそう》の剣客であるという。

神道流《しんとう》の系譜をひく霞流なら知っているが、櫓落としなる秘技はみたことがない。それだけに怖さもある。忍びを使役するほどだから、体術にも優れているだろう。

いずれにしろ、手強《てごわ》い相手だ。

やはり、抜かずばなるまいか。

不殺生戒《ふせっしょうかい》の封印を解き、強敵と干戈《かんか》を交えるときが迫っているのか。

蔵人介は、ぶるっと武者震いをしてみせた。


午後になり、屋敷を訪ねてくる者があった。

埃《ほこり》にまみれた旅装のふたり組で、破れた菅笠《すげがさ》を取ると、一目で百姓とわかった。

聞けば、周防熊毛郡萩領岩田村の出身だという。

表から入ろうとしないふたりを説得し、庭のみえる縁側に招いた。

年を食ったほうの百姓は留吉《とめきち》といい、若いほうは大八《だいはち》と名乗った。

留吉は小作人頭《こさくにんがしら》で、大八は茂平の従弟《いとこ》にあたる小作人らしい。

ふたりは上方から樽廻船に便乗し、三日前に江戸へ着いたばかりだった。

品川宿《しながわじゅく》の木賃宿《きちんやど》に泊まり、駕籠訴の噂を聞きあつめ、ひとり生きのこった茂平が矢背家で厄介になっていることを突きとめた。

勇気を奮いおこして訪ねてみたら、運悪く茂平はいなくなっていた。

「わざわざ江戸まで何をしにまいった。まさか、おぬしらも」

「駕籠訴はやらんです。ふたりを止めにきちょるんよ」

留吉は縁側の隅に畏《かしこ》まり、渇いた咽喉から濁声《だみごえ》をしぼりだす。

「嘉助と茂平が村を出立《しゅったつ》したのは、ひと月もまえのはなしですじゃ」

長州領内の情況は日毎《ひごと》に深刻さを増し、周防の吉敷《よしき》郡や長門《ながと》の厚狭《あさ》郡などでも筵旗《むしろばた》を揚げようという機運が高まっている。

「それほど、領内は酷《ひど》いありさまなのか」

「お江戸の方々にはご想像もつかないっちゃね」

文政《ぶんせい》末年以来の暴風雨と洪水で、米の収穫は激減した。百姓たちは壁や木の皮で食いつなぎ、飢えを凌《しの》いでいる。にもかかわらず、藩の救済は充分におこなわれていない。

それどころか、藩の役人は血の一滴までも搾りとろうと、年貢米を取りたてる。村では年寄りが病に倒れても顧《かえり》みる者とてなく、十四を超えた娘はひとりのこらず女衒《ぜげん》に売られ、どうにも立ち行かなくなって村を逃げだす者たちも大勢あった。

百姓の不平不満は、藩の重臣と結託した特権商人にむけられている。なかでも、米商人は米の買い占めと売り惜しみに走り、自分たちだけが甘い汁を吸いたいがために米価の高騰を煽っていた。

そうした連中に鉄槌《てっつい》を喰らわす相談が領内諸郡でまとまりつつあると、留吉は声を押し殺す。

要するに、長州一国をあげての百姓一揆がおこなわれようとしているのだ。

「こねえなことになろうとは……。お殿さま、わしらは剣ケ峰《けんがみね》に立たされちょります」

もう何をやっても、一揆は避けられそうにない。だから、村の総意で江戸へ送りだした嘉助と茂平に「駕籠訴は無駄じゃから止《や》めちょけ」と伝えにきたが、すでに遅かったと、留吉は洟《はな》を啜《すす》る。

「わしら、嘉助を犬死にさせたんじゃ」

かたわらから、大八が口を挟んだ。

「留吉どん、茂平がまだ生きちょるぞ」

「ああ。お殿さま、茂平の嬶《かか》ぁは身籠《みご》もっちょります」

唐突に告白され、蔵人介は慌《あわ》てた。

「おいおい、そんなはなしは聞いておらぬぞ」

「本人も知らんのです。嬶ぁに悪阻《つわり》がきたばかりじゃしね」

それなら、なおのこと、茂平を死なせるわけにはいかない。

「おぬしら、どうするつもりだ」

「どうもこうも、なんとかみつけだし、故郷《くに》へ連れて帰るしかねえ」

「留吉とやら。茂平が立ちまわりそうなところに、おぼえはないか」

「ようけ人のおるお江戸は不案内じゃしのう……。お、そういや、茂平がお江戸さ行ったら観たいもんがあると言うちょった。のう、大八」

「おう、そうじゃ。公方さまの行列を観たいと言うちょったぞ」

「上様の御成《おな》りをか」

それなら、明後日の二十三日、家斉は大川端《おおかわばた》の水垢離《みずごり》をお忍びで見物することになっている。

場所は向両国《むこうりょうごく》、回向院《えこういん》の垢離場《こりば》である。

勇み肌の裸男たちが奉納太刀を先頭に「懺悔《さんげ》、懺悔」と唱えながら川へ入り、身を浄《きよ》めたのちに相州《そうしゅう》の大山《おおやま》へむかうのだ。

ただし、将軍の御成りは秘匿《ひとく》されていた。

志乃と幸恵にしか教えておらず、茂平が知る余地はない。

「いや、待てよ」

勘がはたらき、蔵人介は仏間に足をむけた。

「養母上、よろしいですか」

障子越しに声を掛けると、嗄《しやが》れた声がかえってきた。

「おいでなされたか」

障子を開けた途端、抹香《まっこう》臭さに鼻をつかれる。

志乃はむきなおり、すっと襟を正した。

「そこにお座りなされ。茂平さんのことですね」

「はい。養母上、もしや、上様御成りのことを茂平に」

「ええ、申しあげましたよ」

「……な、なにゆえにござりますか」

「叔父の嘉助が夢枕に立ち、毎夜、自分を責めたてる。こうなれば、是が非でも本懐を遂げたいと泣かれましたものでね、どうせやるなら大きいことをやりなさいと申しあげたのです」

「大きいこと……養母上、まさか、上様の御駕籠に訴えよと、煽られたのですか」

「いけませせぬか」

「無謀すぎます」

世情に疎《うと》い家斉にたいして駕籠訴をやっても、願いが聞き入れられることは万にひとつもあるまい。

「でも、茂平さんの勇名は日の本の津々浦々にまで轟《とどろ》くことでしょう」

将軍家斉にむかって駕籠訴をやったというだけで、全国の百姓に勇気を与えることはたしかだ。

ただし、茂平は打ち首を免《まぬか》れまい。

志乃ならば、そんなことは百も承知だろう。

「養母上、茂平には妻子があります。妻女は三人目の子を身籠もっておるのですよ」

「黙らっしゃい」

志乃は毅然と言いはなつ。

「男には一度こうと決めたら、引けぬときもあるのです」

蔵人介は、ことばに詰まった。

六

――ぶおおお。

大川に法螺貝《ほらがい》の音色が響いている。

いくつもの音色が錯綜し、響きあい、浄めの儀式を盛りあげる。

両国橋から見下ろすと、大川のそこかしこに梵天《ぼんてん》を立てた大伝馬船《おおてんません》が行き交い、白装束の山伏《やまぶし》たちが舳先で法螺貝を吹いていた。

伝馬船で鮨詰《すしづめ》になっているのは、水垢離をおこなう講《こう》の連中だ。

端午《たんご》の節句を皮切りに盆を過ぎるころまで、こうした光景は連日のようにつづく。

大川端の水垢離は夏祭りといっしょだった。

素っ裸の職人たちが町内ごと、あるいは仲間同士で講をつくり、口々に「懺悔、懺悔」と唱えながら川に浸かっていく。

講を引っぱる先頭の者は「奉納大山石尊大権現」「大天狗小天狗請願成就」などと墨書《ぼくしょ》された奉納太刀を掲げ、講同士がすれちがうときは太刀と太刀が角《つの》を突きあうように交錯する。勇み肌の連中が順番を争って喧嘩《けんか》になることもあり、それを目当てに足をはこぶ見物人も大勢あった。

蔵人介は百姓ふたりをともない、両国橋の東詰にむかっている。

雄壮な光景に魅入られた留吉と大八にたいし、諭すように教えてやった。

「江戸で身を浄めた者たちは相州大山の阿夫利《あふり》神社へ詣《もう》で、家族や親類縁者の無病息災を願って戻ってくる。山道の途中に子易《こやす》観音があってな、身籠もった妻のいる男は拝殿の柱を削って持ちかえる。削りとった木っ端《こっぱ》は安産にご利益《りやく》があるのだ」

「お殿さま。それなら、茂平のやつにも詣でさそ」

大八が無邪気に応じた。

子易観音のはなしを聞かせてやれば、茂平は駕籠訴をあきらめるかもしれない。こうなれば是が非でもみつけだし、駕籠訴は犬死にもおなじであることを諭してやろうと、蔵人介はおもう。

「長い橋じゃのう」

留吉が感嘆の声をあげた。

両国橋は長さ九十六間《けん》（約一七五メートル）、幅は四間（約七・五メートル）余りもある。

見物人は垢離場の周辺より少ないものの、それでも枝にびっしり止まった雀の群れよろしく欄干《らんかん》にならんでいた。

「ようけ人がおるのう」

大川を眺めわたす留吉と大八は、すっかり行楽気分だ。

串部は蔵人介の命を受け、すでに一刻《いっとき》（二時間）余りも茂平のすがたをさがしていた。茂平が両国橋にあらわれるかもしれないと聞かされても、ふたりの百姓にはその理由がわからない。

まさか、将軍がお忍びでやってくるとは、想像もしていないのだ。

もっとも、気まぐれな家斉が水垢離見物に足をはこぶかどうかは、五分五分だと蔵人介は踏んでいる。

やってくるにしても、駕籠ではなしに船を仕立ててくるかもしれなかった。

船での御成りならば、茂平も駕籠訴をあきらめねばなるまい。

船といえば、今から二十四年前の葉月《はづき》十九日、御三卿一橋《ひとつばし》家の当主が富岡《とみがおか》八幡宮の祭礼を見物しに船で大川を下ってきたことがあった。葵《あおい》の紋所《もんどころ》を橋上から見下ろしては無礼であるとのお達しで、橋役人が永代《えいたい》橋の東西に縄を張って人止めをおこなった。

ところが、一刻余りも止めつづけたことで西詰に人垣が膨《ふく》れあがり、いよいよ縄の解かれた瞬間、人の波が奔湍《ほんたん》のように溢《あふ》れだした。わずかののち、荷重に耐えかねた深川《ふかがわ》寄りの橋脚《きょうきゃく》が崩落、巨大な橋桁《はしげた》はふたつに裂け、大勢の人々が奈落《ならく》の底へ落ちていった。

一橋家の当主が混雑する陸路を避け、船をつかったことが惨事の遠因となった。

がったのである。

堅固《けんご》にみえた橋は呆気《あっけ》なくも崩落し、死者千人を超えるともいわれる大惨事へと繋《つな》

将軍在位四十有余年のなかでも、これほど痛ましい出来事はなかった。

大惨事の記憶がまだ新しければ、家斉は駕籠を使うにちがいない。通常の御成りであれば、公方は豪奢《ごうしゃ》な溜色《ためいろ》の網代駕籠に乗り、黒絹の羽織に脇差を佩《は》いた陸尺《ろくしゃく》が二十人はつく。橋では早朝から人止めがおこなわれ、大勢の供侍が目を光らせるなかを、駕籠は悠々とすすんでくる。

が、このたびはお忍びだけに、大仰な行列にはなるまい。家斉は腰黒《こしぐろ》の簡素な御《お》忍《しのび》駕籠に乗り、橋の人止めもなされず、供揃えもごく少数に抑えられるはずだ。

もちろん、駕籠脇を固める供侍は、いずれも屈強な剣の遣い手だった。公方の命を狙うくせものがあったとしても、容易なことでは駕籠先十間（約一八メートル）以内に近づくこともできない。

かりに、結界《けっかい》を破る者があっても、家斉の鼻先まではけっして近づけぬだろう。

往来防禦《ぼうぎょ》における最後の砦《とりで》は、公人朝夕人《くにんちょうじゃくにん》である。

土田伝右衛門《つちだでんえもん》、家康の上洛時から世襲の姓名を名乗る。

公方が尿意を告げたとき、いちもつを摘んで竹の尿筒《しとづつ》をあてがう。

それが表の役目で、裏の役目はほかにあった。

十人扶持《ぶち》の軽輩《けいはい》にすぎぬものの、武芸百般に通暁《つうぎょう》している。

土田伝右衛門こそが、公方を守る最大にして最強の盾となる。

家斉の近習《きんじゅう》でも、そのことを知る者はすくない。

——公人朝夕人には容易に近づいてはならぬ。

と、蔵人介は亡くなった養父信頼《のぶより》から聞いていた。

やがて、巳《み》ノ刻（午前十時）を過ぎたころ、串部が興奮の面持《おもも》ちで舞いもどってきた。

「殿、御忍駕籠がまいりましたぞ」

蔵人介たちは橋の東詰に控えている。

なるほど、橋役人の先導で小十人組《こじゅうにんぐみ》の連中がぱらぱらと駆けよってきた。

「退《ど》け、退け」

居丈高な態度で怒鳴りあげ、通行人たちを橋の脇へ追いたててゆく。

「なんじゃ、どこぞのお大名かい」

見物人どもは文句を垂れながらも、西詰に好奇の目をやった。

蔵人介のただならぬ雰囲気に、留吉と大八は呑まれている。

「お殿さま、どなたかお偉い方が来られるので」

留吉に問われ、蔵人介は無表情に発してみせた。

「上様だ」

「ひぇっ」

ふたりは短く叫び、地べたに平伏した。

なによりも権威に逆らえない。それが百姓というものだと、蔵人介はおもう。

はたして、茂平に公方への駕籠訴をやるだけの勇気があるかどうか。

無謀な行為を阻むつもりできたが、なかば期待する気持ちもあった。

「お、あれだ」

先触れにつづき、家斉の乗る御忍駕籠がみえた。

まだ遠い。一丁（約一〇九メートル）ちかくは離れていよう。

橋の上では、見物人たちが膝を折りはじめている。

なかには、日覆《ひおい》に刻印された葵紋に気づく者もあった。

「もしや、公方さまの御忍駕籠ではあるまいか」

囁きは漣《さざなみ》のようにひろがり、蔵人介の耳にも聞こえてきた。

と、そのとき。

二十間（約三六メートル）ばかり前方の欄干から、人影がひとつ剝《は》がれおちた。

橋の真ん中に躍りでるや、供先めがけてまっしぐらに走りだす。

「茂平じゃ」

留吉と大八が同時に叫んだ。

平伏した見物人たちは呆気にとられつつ、駆けぬける男を目で追った。

「串部、追うぞ」

「は」

蔵人介に、ためらいはない。

一方、供侍たちは茂平を目敏《めざと》くみつけ、一斉に柄袋を剝ぎとった。

連中にとってみれば、駕籠に迫る者は賊以外の何者でもない。

問答無用で斬るべし。そう考えている。

供侍たちは腰溜めに構え、いつでも抜ける体勢をとった。

「お願いでござります、お願いでござります」

茂平は駆けながら、三十間ほど手前から大声を張りあげる。

「百姓の駕籠訴だぞ」

見物人のなかから、声があがった。

「公方さま、お願いでござります」

茂平は叫びあげ、懐中から訴状を抜きだす。

その瞬間、真横から何者かに抱きつかれた。

「あっ」

声を発する暇もない。

忽然《こつぜん》とあらわれた大鷲《おおわし》が、一瞬にして獲物をさらったかのような光景だった。

大鷲は茂平を抱えたまま欄干を乗りこえ、軽々と宙へ羽ばたいてみせる。

まっさかさまに落ちていった。

「茂平」

蔵人介は欄干に齧《かじ》りついた。

どぼんと、川面に水柱が立ちのぼる。

一艘の伝馬船が、はかったように漕ぎよせてきた。

「殿、船に拾いあげられますぞ。あれは鉢屋衆ですな」

「ふむ」

敵はおそらく、留吉たちの動きを見張っていたにちがいない。

そこへ都合よく、茂平があらわれた。だとすれば、むざむざ敵を導いてやったようなものだ。

ぎりっと、蔵人介は奥歯を嚙みしめる。

「串部、逃すな」

「は」

おろおろする百姓ふたりを残し、蔵人介は東詰から垢離場へ降りた。

一方、家斉の御忍駕籠は橋を渡ることもなく、反対方向へ引きかえしていった。

七

垢離場から一ツ目之橋《ひとつめのはし》を渡り、大川に面した石揚場《いしあげば》へむかう。

——ごろっ。

遠くで神立《かんだち》の音がした。

徐々に近づいてくる。

空は黒雲に覆われ、日中だというのに夕暮れのようだ。

「殿、待ちぶせですぞ」

「そのようだな」

人気もない石揚場へ踏みこむや、忽然《こつぜん》と殺気が膨らんだ。

雷鳴に合わせ、偈《げ》を唱える大勢の声が聞こえてくる。

「天魔外道皆仏性《てんまげどうかいぶっしょう》、四魔三障成道来《しまさんしょうじょうどうらい》、魔界仏界同如理《まかいぶつかいどうにょり》、一相平等無差別《いっそうびょうどうむしゃべつ》……」

「なんとも不気味な声ですなあ」

「あれは修験道《しゅげんどう》の魔界偈《まかいげ》よ。悪魔外道を遠ざける呪文のようなものさ」

「悪魔外道というのは」

「ふっ、わしらのことであろう」

じゃりんと、錫杖《しゃくじょう》が鳴った。

前後左右から、兜巾《ときん》に鈴懸《すずかけ》の山伏たちがあらわれた。

ざっと数えただけでも、二十有余はいる。

「鉢屋衆か」

「さよう」

重厚に応じたのは、首の太いがっしりした体軀《たいく》の男だ。

「鬼役、矢背蔵人介じゃな」

「おぬしは」

「日下《くさか》十蔵《じゅうぞう》」

三白眼《さんぱくがん》で睨《ね》めつける眸子に、残忍な光が宿っている。

蔵人介は負けずに睨《にら》みかえした。

「茂平は」

「生きておる。又五郎さまが御屋敷へ連れていかれたわ」

どうやら、大鷲の正体は鉢屋又五郎であったらしい。

御屋敷とは、木場《きば》にある長州藩の抱《かかえ》屋敷のことだろう。

「おぬしら、茂平をどうする気だ」

「死にゆく者にこたえても無駄じゃ」

「ほほう、たいした自信だな」

「ひとつ訊いておきたい。うぬの先祖は洛北の八瀬童子か」

「そうだと言ったら」

「われら鉢屋衆にとって八瀬童子は天敵、これも宿縁《しゅくえん》とおもわずばなるまい」

「宿縁だと、笑わせるな。尼子《あまご》から毛利、毛利から羽柴《はしば》、羽柴からまた毛利、つぎからつぎへ飼い主を替える節操《せっそう》のない草《くさ》の者、そうした輩に天敵呼ばわりされたら、ご先祖も迷惑であろう」

「くく、二百俵取りが偉そうな口を利くでない。うぬはただの鬼役ではなかろう、大目付《おおめつけ》配下の隠密か」

「ただの鬼役さ」

「ならばなぜ、たかが百姓ひとりにこだわる」

「知りたいか。それなら、わしの問いにまずこたえよ。茂平はどうなる」

「よし、餞別替わりに教えてやろう。茂平は唐丸駕籠《とうまる》で国元へ送る。すぐには殺さずにじわじわとな、生きながら地獄の苦しみを味わわせてやるのじゃ。阿呆《あほ》な百姓どもへのみせしめになる」

日下は肩でせせら笑い、錫杖をじゃりりんと鳴らした。

蔵人介はたたみかけた。

「国元へ発つのはいつ」

「夏越《なごし》の祓《はら》いが済むまえじゃ。相州の浜から流人船《るにんぶね》に乗せてのう」

「相州の浜とは江島《えのしま》か平塚《ひらつか》か、それとも小田原《おだわら》か」

「聞いておらぬわ。さあ、こんどは鬼役の番じゃ、正直にこたえよ。おぬし、わが藩の粗《あら》探しをおこなうべく、誰かの指図で動いておるのじゃろうが」

「残念だったな。わしに飼い主はおらぬ」

「しらを切るのか。それとも、ただのお節介《せっかい》焼きか」

「どうとでもおもえ」

「ふん、よかろう。ちと喋《しゃべ》りすぎたわ。そろりと冥土《めいど》へ逝け」

日下十蔵は右の拳を突きあげた。

ごろっと雷が鳴り、錫杖を手にした連中が八方から襲いかかってくる。

「殿」

「おう、存分にやれ」

命じるや、串部は水を得た魚のごとく、嬉々《きき》として駆けだした。

低い姿勢から白装束の群れに迫り、同田貫を抜くが早いか、ひとり目の臑を薙いでみせる。

「ぎゃっ」

石揚場の地面に鮮血が散った。

「気をつけよ。そやつは柳剛流の遣い手じゃ」

背後で日下が吼《ほ》えている。

気をつけろといわれても、串部は並みの剣客ではない。

ふたり目は臑に気をとられた隙に手首を落とされ、三人目は下段から股間を剔《えぐ》られた。

「ぐひぇええ」

断末魔《だんまつま》の叫びは雷鳴に掻きけされ、曇天に稲光が閃《ひらめ》いた。

「鬼役じゃ、鬼役を殺《や》れ」

日下が吼える。

突如、大粒の雨が弾丸のように降りそそいできた。

「はおおお」

山伏に化けた連中は野獣のように喚《わめ》きあげ、全身を蒼白《あおじろ》く発光させながら肉薄してくる。

「猪口才《ちょこざい》な」

蔵人介は無造作に、長柄刀を抜きはなった。

「ふん」

その勢いで、対手《あいて》の胸を横一文字に斬る。

「ぬぎゃっ」

足許に屍骸が転がった。

たいして力を入れたわけでもないのに、肉も骨もすっぱり断たれている。

はじめて人の血を吸った刀身をみつめ、蔵人介はふうっと溜息を吐いた。

たつ。

「おもうたとおりの斬れ味じゃな」

鍔元《つばもと》で反りかえった腰反りの強い風貌、梨子地《なしじ》に艶《つや》やかな丁字《ちょうじ》の刃文《はもん》が浮かび
大太刀の茎《なかご》を切り、二尺五寸（約七六センチ）に磨きあげた来国次。

さすがに、半端な斬れ味ではない。

「死ねい」

腹背《ふくはい》から、兜巾頭が三人同時に仕掛けてきた。

「ふん」

蔵人介は錫杖の刺突《しとつ》をかわし、対手の脾腹《ひばら》を掻いた。

返り血を避けながら反転し、片手打ちでふたり目の頭蓋を両断する。

脳漿《のうしょう》が飛沫となって散るなか、三人目を袈裟懸けに斬りさげた。

「ぐひぇえええ」

阿鼻《あび》叫喚《きょうかん》と雷鳴が共鳴し、稲光は黒雲を裂いた。

「ええい退け、わしが相手じゃ」

業《ごう》を煮やした日下が、前面へ躍りだしてくる。

蔵人介は刀身の血を振り、素早く黒鞘におさめた。

日下は撞木足に構え、握った錫杖の先端を鼻先に突きあげる。

蔵人介は微動だにもせず、低い姿勢のまま相手を睨みつけた。

髪は濡れ、顎のさきから雨粒が滴《したた》りおちる。

稲光は間断なく鳴りひびいていた。

「うりゃ……っ」

裂帛《れっぱく》の気合もろとも、六尺余りの錫杖が伸びた。

躱《かわ》したとおもった刹那、錫杖の先端から両刃《もろは》が飛びだしてくる。

「うっ」

ぶちっと鬢《びん》を裂かれ、鋭い痛みが走った。

「そい」

間髪《かんはつ》を容《い》れず、二撃目の刺突がきた。

これを頭上に避け、蔵人介は刀を鞘ごと引きぬく。

――きいん。

錫杖を撥ねあげた。

日下はふわりと後方へ飛びのき、錫杖を逆さにして地へ突きたてる。

「よう躱した」

兜巾をかなぐりすて、身に纏った白装束をも破りすてた。

胸筋を隆々《りゅうりゅう》とさせた裸身は、仁王《におう》門を守る吽形《うんぎょう》像のようだ。

「田宮流居合の遣い手と聞いたが、これほどまでとはのう。ふふ、腕が鳴るわい」

手下たちは牙をおさめ、日下が蔵人介をどう料理するか、期待しながら眺めている。

串部もしばし剣戟《けんげき》の手を止め、こちらを注視した。

「まいるぞ」

日下は錫杖を旋回させ、陣風となって駆けてくる。

蔵人介はあくまでも刃を抜かず、鞘の鐺《こじり》を中段へ突きだした。

「うぬっ」

勢いを殺され、日下は踏みとどまる。

錫杖を頭上でぶんまわし、両手で高々と掲げて制止する。

「鬼役め、なぜ抜かぬ」

「ふっ、死ぬのが怖いんでな」

と、蔵人介はこたえた。

「なに」

日下が目を剝いた。

刹那、野太い稲光が天蓋を貫き、石揚場全体を発光させた。

——どどおん。

地響きとともに、落雷があった。

蔵人介と串部は地に伏せ、両耳を必死にふさぐ。

起きあがってみると、日下の仁王立ちしていたあたりに、巨大な穴が穿《うが》たれていた。

「殿、だいじございませぬか」

「ふむ、あやつはどうなった」

「あそこに」

穴の底を覗《のぞ》きこめば、黒こげの屍骸が横たわっている。

錫杖が避雷針と化し、稲光の標的とされたのだ。

「これぞまさしく天罰よ」

「仰せのとおりにござる」

「つぎは鉢屋衆の首魁《しゅかい》か」

「御意」

生きのこった山伏どもは、すでに、すがたを消していた。

神立は遠ざかり、どす黒い雲間から陽が射しかけてきた。

八

水無月晦日《みそか》。

多摩川《たまがわ》の河口からのぞむ海原は朝焼けを映し、真っ赤に燃えあがっていた。

物忌《ものい》みの今日、千代田城でも紅葉山東照宮《もみじやまとうしょうぐう》において、鳥居に吊った茅《ち》の輪《わ》をくぐる神事がおこなわれる。荒ぶる神を慰め、夏のあいだの穢《けが》れを祓うべく、将軍家斉を筆頭に主立《おもだ》った重臣たちが茅の輪を順番にくぐるのだ。

蔵人介は非番なので、面倒な神事に関わる必要もない。

昨晩は品川宿に泊まり、明け方に旅籠《はたご》を発った。

品川から川崎《かわさき》までは二里《り》十八丁（約九・八キロ）、久方ぶりに江戸をはなれ、清々しい気分を満喫している。

「今日の毒味は精進料理だな」

蔵人介は深編笠《ふかあみがさ》をかたむけ、かたわらの綾辻市之進に笑いかけた。

「義兄上。新参の鬼役どの、ご姓名はなんと仰りましたっけ」

「桐原新左衛門か」

「さよう。本日はその桐原さまが、はじめて御膳に箸を付けられるとか」

「ふむ、新参者の毒味は精進料理からはじめるのが習わしじゃからな。桐原のことはさておき、市之進よ、どうおもう」

「どうとは」

「鉢屋又五郎さ。こちらの動きに勘づいておろうか」

「はあて。どっちにしろ、権太《ごんた》坂を越えるまでには決着をつけねばなりますまい」

「そうだな」

保土《ほど》ケ谷《がや》宿のはずれから旅人泣かせの権太坂を越えれば、そこからさきは相州である。

ふたりは打裂《ぶっさき》羽織に手甲脚絆《てっこうきゃはん》をつけ、東海道《とうかいどう》を上ってきた。

串部の探索により、百姓茂平の移送が極秘裡《り》におこなわれたことが判明したのだ。

すでに、茂平を乗せた唐丸駕籠は六郷《ろくごう》の渡しを越え、川崎宿へはいっていた。

「義兄上、唐丸駕籠の罪人はまことに茂平でしょうか」

「串部が確かめたのだから、まず、まちがいあるまい」

当の串部は唐丸駕籠を追い、今ごろは旅籠に落ちついたところだろう。

「江戸を離れる罪人は、川崎宿の問屋場《といやば》で取りしらべられるのがきまりでござる。ぐうたらな役人どものこと、一行はおそらく半日ちかくは足止めされましょう」

市之進の指摘どおり、棒鼻《ぼうばな》の旅籠か茶屋から問屋場を見張っていれば、唐丸駕籠を見逃すことはない。

「串部どのと落ちあう旅籠は『大黒屋《だいこく》』でしたな」

「さよう、そこに例の百姓どももいるはずだ」

蔵人介たちとは別に、留吉と大八も唐丸駕籠を追っている。

危ないからやめておけと忠告したにもかかわらず、ふたりは遠くからでも茂平を見守りたいと泣きながら訴えた。

「気持ちはわかります」

「ま、邪魔だけはするなと念を押しておいた」

いまさら言うまでもなく、蔵人介たちは茂平の奪還を狙っている。

駕籠訴をおこなった者は、成功しようが失敗しようが罪人となる。罪人を救えば、救った者はおなじ罪に問われる。すなわち、長州藩への反逆罪に問われる恐れがあるにもかかわらず、徒目付の市之進までが助っ人を申しでた。

義民茂平の意気にこたえなければ、侍の一分が立たぬというのだ。

融通の利かぬ徒目付にも、よいところがある。

市之進は剣の腕はそこそこ、柔術《じゅうじゅつ》と捕縄術《ほじょうじゅつ》に長《た》けている。連れていけば役に立つこともあろう。

「義兄上、これが遊山《ゆさん》の旅なら、さぞや快適でしょうに」

「まったくだ」

六郷の川縁には、薄紅色の撫子《なでしこ》が咲いていた。

心なしか、頬を撫でる風も涼しい。

夏越の祓いが済めば、暦のうえでは立秋《りっしゅう》である。

宿場の旅籠で串部や百姓たちと落ちあい、交替で昼餉《ひるげ》を済ませてから旅籠を発った。

川崎宿の入口、切石《きりいし》を積んだ土居《どい》を越えると、つぎの神奈川《かながわ》宿まで八町畷《はっちょうなわて》の一本道がつづいている。

神奈川宿は湊《みなと》を抱え、川崎宿から二里十八丁の道程だった。さらに、権太坂へむかう保土ヶ谷宿までは一里九丁（約四・九キロ）、保土ヶ谷から坂を越えた相州一の宿戸塚《とつか》までは二里九丁（約九キロ）、つぎの藤沢《ふじさわ》宿までたどりつかねば海はみえない。そこからさきは、左手に相模《さがみ》湾をのぞみながら、小田原まで黒松林の快適な道がつづく。

蔵人介は、風光明媚《ふうこうめいび》な景観を堪能するつもりはない。

稲妻に打たれた日下十蔵によれば、相模湾に面した何処《どこか》の湊から流人船は出帆《しゅっぱん》するという。

湊が特定できない以上、唐丸駕籠の一行を相州領内へ踏みこませてはならなかった。川崎から戸塚までは約六里（約二四キロ）、健脚自慢ならば一日で歩けぬ道程ではない。

が、なにしろ、難所の権太坂を夕暮れまでに越えねばならぬ。

ために、多くの旅人は無理をせず、保土ヶ谷宿で一夜の宿をとった。

唐丸駕籠の一行も、そうであろうと読んだ。というのも、川崎宿での取りしらべに手間取り、一行が保土ヶ谷宿に着いたころには夕暮れが近づいていたからだ。

保土ヶ谷宿は丘陵の谷間にあり、旅籠六十有余を数える宿場町である。

蔵人介たちは唐丸駕籠を追い、宿場へ足を踏みいれた。

さきほどから、串部は浮かぬ顔をしている。

「殿、気になることがございます」

「なんだ」

「長州藩の藩士らしき侍が五人、担《かつ》ぎ手は手替わりもふくめて四人、唐丸駕籠のそばには全部で九人しかおりませぬ」

「そんなものだろう」

「鉢屋又五郎のすがたがどこにもござらぬ」

串部は不満げに漏らし、市之進にぽんと肩を叩かれた。

「ご心配なさるな。まさか、われらが相州との国境まで出向こうとは、想像もしておらんのでしょうよ」

市之進の背後から、ふたりの百姓が済まなそうに従《つ》いてくる。

串部といっしょで「妙だな」というおもいは、蔵人介も感じていた。

そもそも、百姓ひとりを駕籠に乗せ、わざわざ国元まで護送するだろうか。

通常、唐丸駕籠に乗せられるのは、藩への叛逆《はんぎゃく》行為を画策《かくさく》した藩士にかぎられる。

不吉な予感にとらわれつつ、気づいてみれば、宿場の端までやってきた。

「連中、権太坂を越える肚ですぞ」

「そうらしいな」

「坂のてっぺんで日が暮れましょう。拙者は先まわりをして一行を待ちかまえます」

「よし、挟《はさ》み撃ちにするか」

「では」

串部はたっつけ袴《はかま》の股立ちをとり、韋駄天《いだてん》走りで遠ざかった。

途中で脇道をみつけ、巧みに駕籠の一行を追いぬくのだ。

蔵人介と市之進は、小さくなった唐丸駕籠の影を追った。

まこと、あのなかに、茂平は囚《とら》われているのだろうか。

一抹の不安が脳裏を過ぎる。

一里塚として植えられた榎《えのき》を過ぎると、雑木林のほうから蟬時雨《せみしぐれ》が聞こえてきた。

九

日没が近づくと、草木の鬱蒼《うっそう》と繁る権太坂は夜道のように暗くなる。

九十九折《つづら》りの一番坂を小半刻ばかり登ったところで、小田原提灯を掲げた唐丸駕籠の一行が忽然と消えた。

「義兄上」

「おう」

市之進に急《せ》かされ、蔵人介は登り坂を駆けはじめる。

数歩すすんだところで、腿《もも》の裏がつりかけた。

「市之進、先に行け」

「は、ではお先に」

市之進は健脚自慢なだけあって、急坂をすいすい登ってゆく。

留吉と大八にも追いこされ、蔵人介の腰はふらついた。

「義兄上、こちらへ。早う、早う」

「急かすな、莫迦者《ばかもの》」

ようやく市之進のもとへたどりつくと、坂のうえで串部が手を振っている。

暗い坂道を透かしてみれば、串部と蔵人介たちとのあいだに唐丸駕籠がぽつんと置きすてられてあった。

「罠《わな》か」

頭上に敵の気配を察し、蔵人介は立ちどまった。

刹那、背の高い木々が揺れ、四方から鉄塊《てっかい》が飛んできた。

楔形《くさび》の棒手裏剣《ぼうしゅりけん》だ。

「ふん」

蔵人介は国次を抜き、棒手裏剣をことごとく弾いた。

串部と市之進は地面に転がり、百姓たちは笹藪《ささやぶ》に飛びこんだ。

「ぬはは、莫迦め」

突如、雷鳴のごとき声音が響いた。

蔵人介は木々の梢《こずえ》を見上げ、声の出所を探った。

「鉢屋又五郎か」

「くく、飛んで火にいる夏の虫とはうぬらのことじゃ」

「どこにおる」

「ここじゃ」

置きすてられたはずの唐丸駕籠が、かさっと横倒しになった。

柿色の忍び装束を纏った入道《にゅうどう》が、のっそり立ちあがってくる。

又五郎であった。

両鬢を剃りおとし、以前よりも恐ろしい風貌に変わっている。

「唐丸駕籠での長旅、さすがに疲れたわい」

「おぬしが乗っていたのか」

「鉢屋衆は七化けの異名を持つ。茂平になりすましたのよ」

「茂平はどうした」

「死んださ」

「なに」

不吉な予感は当たった。

「橋から落ち、舌を噛んで死におった。それが茂平の運命《さだめ》よ。女房子供に別れを告げ、村を出立したときからのな」

蔵人介の肩から、すうっと力が抜けてゆく。

運命と言われれば、そうであろう。

茂平は村の犠牲になる覚悟をきめ、江戸へ死ににきたのだ。

下馬先で領主への駕籠訴をこころみ、それでも飽きたらず、なおもがむしゃらに駆けぬけ、ついに茂平は死線を越えた。

言いようのない切なさが、蔵人介の胸を締めつける。

「日下十蔵の吐いた中身は嘘じゃ。鬼役を国境まで誘いこむ罠さ。うぬもいちおうは旗本、江戸府内で旗本を斬れば、何かと都合が悪いと聞いてな」

「おぬし、誰の指図で動いておる」

「鬼役づれが知らずともよいわ。茂平は謀反人《むほんにん》じゃ。あの若僧、抛っておけば何をしでかすかわかったものではなかった。百姓にしておくには惜しい男じゃったが、死んでしまえば詮無いはなし。もっとも、うぬを誘ったのはわしの一存よ」

「理由は」

「勝負をつけたかった、ただそれだけのこと。ふはは、覚悟せい」

又五郎は土を蹴った。

急勾配の坂を車輪のように駆けくだり、背中から三尺の大太刀を引きぬく。

「けえっ」

掛け声もろとも、又五郎は宙高く舞った。

ばっと両手をひろげ、頭上へ襲いかかってくる。

「死ねい」

逆落《さか》としの一撃が、猛然と振りおろされた。

「ぬわっ」

蔵人介の頭蓋が、鉈割《なたわ》りに裂けた。

と、おもった瞬間、刃は空を斬った。

大太刀の先端が地を叩き、濛々《もうもう》と粉塵《ふんじん》が舞う。

「殿」

「義兄上」

串部と市之進が声を張った。

蔵人介は地面を転がり、むっくりと起きあがる。

尋常な目つきではない。

又五郎さえもたじろぐほどの妖気が、蔵人介の五体に揺らめいている。

「すばしこいやつめ」

敵の遣う霞流は、神道流の流れを汲む。

本来、神道流の妙味は受けにあった。

太刀を浅く握って振りかぶり、左右に身を転じながら相手の攻撃を受けながす。

この霞にながす受けながしは、神主がおこなう禊祓《みそぎはらい》の所作《しょさ》に似る。

又五郎の所作、身のこなしも、神道流の柔軟さを感じさせた。

剛直にみえて繊細、大太刀の先端まで神経が行きとどいているのだ。

「居合は抜き際が勝負じゃ。わしの剛打と鬼役の抜き、はてさて、どちらに分《ぶ》があるか」

又五郎は両肘を張り、刀を八相《はっそう》に構えた。

さらに、左肘を突きだし、剣先をゆっくり落としてゆく。

対手から刃はみえず、石のような肘だけが迫ってみえた。

霞流車《しゃ》の構え、一撃必殺の隠し剣である。

「櫓落としの構えか」

「ふふ、どうかな」

櫓落としと聞いて、蔵人介は上段からの斬撃を予想していた。

が、ひょっとしたら、臑を狙った薙ぎ技かもしれぬ。

どちらか一方に的を絞らねば、又五郎の一撃を回避するのは難しい。

上か、それとも下か。

蔵人介は一片の迷いも顔に出さず、あくまでも泰然《たいぜん》と身構えている。

その様子が、又五郎を警戒させた。

警戒は迷いを生み、攻めの気持ちを鈍らせる。

蔵人介はわずかな隙を見出し、すっと身を寄せた。

「むっ」

不意を衝《つ》かれ、又五郎は固まった。

下手に攻めれば、抜き際の一撃に返される。その意識が強すぎた。

蔵人介は地を這うように迫り、撃尺《げきしゃく》の間合いへ飛びこんだ。

刀を抜かず、又五郎の袖を摑《つか》むほどまで身を寄せる。

いくらなんでも、寄せすぎではないか。抜く直前に柄ごと閂《かんぬき》に押さえこまれると、傍《はた》でみている者は感じたにちがいない。

「得たり」

案《あん》の定《じょう》、又五郎は会心の笑みをうかべる。

そのとき、柄の目釘《めくぎ》がぴんと弾けた。

来国次の柄がはずれ、仕込みの刃が飛びだす。

「そい」

八寸の抜き身が一閃した。

「あれ」

又五郎は呆気にとられている。

大太刀を握った右の手首が、ぼそっと足許へ落ちた。

「ぬわああ」

又五郎は海老反りに仰《の》けぞる。

その首筋に、ひんやりとした風が吹きぬけた。

「うぐっ」

咽喉笛《のどぶえ》が、ぱっくりひらく。

血飛沫がほとばしり、蔵人介の月代を濡らした。

血にまみれた顔のなかで、双眸《そうぼう》だけが光っている。

又五郎は眸子《まなこ》を瞠ったまま、どしゃっと仰向《あおむ》けに倒れた。

木々の梢が揺れ、殺気が四方に分散する。

「待たぬか、鉢屋衆の残党よ」

蔵人介は天を仰ぎ、大音声《だいおんじょう》を張りあげた。

「聞くがよい、おぬしらの首魁は死んだ。みたとおり、これは尋常な勝負。遺恨《いこん》をのこせば、ほとけの顔に泥を塗ることになる。忘れよ、なにもかもな」

人の気配は消え、あたりは深閑《しんかん》と静まりかえった。

旅人泣かせの権太坂には、闇の帷《とばり》が降りつつある。

敵の首魁が死んでも、串部と市之進の顔は晴れない。

留吉と大八は笹藪から這いだし、泣きじゃくっている。

「茂平、茂平よう……」

権太坂に風が吹き、蔵人介の裾を攫《さら》ってゆく。

――このごおんはわすれません。

どこからか、茂平の囁きが聞こえてくる。

このまま急勾配の坂を越え、江島あたりまで足を延ばすのもよかろう。七里《しちり》ケ浜《がはま》の稲村《いなむら》ケ崎《がさき》あたりから、富士を背にした江島をのぞめば、少しは気も晴れるかもしれない。

蔵人介は、そんなことをおもった。

文月《ふづき》二十六日、周防吉敷郡萩領で勃《お》こった暴動を皮切りに、長州藩の領内では江戸幕府開闢《かいびやく》以降で最大の一揆が勃発した。

葉月《はづき》二日には周防全体で十万人規模の暴動があり、十日には長門厚狭郡など萩領一円で商家や役所の打ちこわしが勃発、長月《ながつき》から神無月《かんなづき》にかけて百姓の暴動は下火になるどころか、勢いを増すばかりであった。

長州藩三十七万石は大揺れに揺れた。

藩政はじまって以来の危機に直面し、藩主斉元は家老の村田清風《むらたせいふう》を江戸当役用談役に登用、藩政改革の綱領を策定させた。だが、藩歳入の二十倍を超える借財を減らし、同時に領民の暮らしむきを改善させることは一朝一夕には果たし得ない大事業であった。

村田は藩債の整理、藩士禄米の削減緩和、下関《しものせき》湊の拡張、商業統制の推進、士《し》卒《そつ》の公借財の整理等々、いくつかの改革を断行するものの、藩士の借財整理を商人に負わせる触れが反発を呼ぶなどして、改革は頓挫《とんざ》の憂き目に遭った。

長州藩は坂道を転げおちるように幕藩体制から逸脱《いつだつ》し、やがて、生きのこりをかけた別の道を模索する必要に迫られる。

――倒幕。

天保二年の大一揆が江戸幕府転覆に繋がる導火線のひとつになろうとは、このときは誰ひとりとして予想もできなかった。

なお、周防熊毛郡岩田村にて流血をともなう一揆が勃こったのは、神無月七日のことだ。

茂平の遺された家族をはじめ、留吉や大八の安否は定かでない。

黄白《おうはく》の鯖《さば》

一

文月、茜色《あかね》の空に眉よりも細い二日月《ふつかづき》が浮かんでいた。

蔵人介は柳《やなぎ》橋から屋形船《やかたぶね》を仕立て、宵涼みと洒落こんだ。

涼み船といえば芸者と三味線はつきものだが、舳先《みよし》寄りの特等席に座るのは志乃と幸恵だった。女ふたりは団扇《うちわ》を片手に談笑しながら、薄紅色に化粧《けわい》された頰を夜風に晒している。

「幸恵さん、足をはこんでよかったでしょう」

「ええ、お義母《かあ》さま。お誘いいただき、ありがとう存じます」

「たまには、こうした風流も味わってみることです。ねえ、蔵人介どの」

「はあ」

と、生返事はしてみたものの、なんとなく溜息が漏れてしまう。

どうせなら、もっと気軽な気分で風雅《ふうが》な船遊びを楽しみたい。

義弟の市之進と用人の串部も居心地の悪そうな顔で付きあい、それに輪を掛けてつまらなそうな様子の若い男が便乗している。

「宗次郎《そうじろう》どの、楽しんでおられるかえ」

志乃に声を掛けられ、艫に座る若い男はこっくりうなずいた。

歌舞伎役者のような優男《やさおとこ》だが、これでも甲源一刀《こうげんいっとう》流の遣い手らしい。

蔵人介にとっては厄介な居候《いそうろう》にすぎぬが、志乃や幸恵の受けはよい。

名を、望月宗次郎という。

政争に巻きこまれて殺された望月左門から「万が一のときは身の立つようにしてやってほしい」と託された隣家の次男坊だ。

望月邸は長久保加賀守の配下に火をかけられ、嫡男も妻女も亡くなった。唯一、事前に籍を抜かれた宗次郎だけが生きのこり、蔵人介が父の遺言を告げてやると、図々しくも当たり前のような顔で矢背家の居候におさまった。

とんだ放蕩者《ほうとうもの》を引きとってしまったというのが、偽らざる心境なのだ。

宗次郎は陽の高いうちから悪所へ通いつづけていた。紅殻格子《ベンガラごうし》の大見世《おおみせ》で遊びほうけ、吉原《よしわら》でも一、二を争う夕霧《ゆうぎり》という花魁《おいらん》の心を射止めた。一度の揚げ代が五十両とも噂される花魁に貢《みつ》がせ、只で遊んでいる。女誑《たら》しの手管《てくだ》は相当なものだ。

じつをいえば、ただの放蕩者ではない。

宗次郎には、蔵人介と串部だけの知る秘密があった。

西ノ丸に依拠する家慶《いえよし》が若いころ、御殿女中に産ませた子なのだ。

徳川家の血が流れている。

なるほど、女好きは祖父の家斉に似て、大酒呑みは家慶の血をひいているのかもしれぬ。

血の繫がりが証明されれば、次期将軍の嫡男にほかならぬ。

長久保加賀守は死の直前、とんでもない事実を漏らした。

嬰児《みどりご》は二十年前、高貴な身分を秘されたまま望月家へ託されたのだ。

いったい、誰が託したのか。

なぜ、託したさきが望月家だったのか。

解きあかすべき謎はいくつかあるものの、蔵人介は詮索せずにおいた。

かえって知らぬほうが、本人や周囲にとって幸せなこともある。

――ぼん。

花火が爆《は》ぜた。

「ほれ、みなの衆、大橋《おおはし》のうえをみやしゃんせ」

陽気に囃《はや》したてるのは、宗次郎が廓《くるわ》から連れてきた幇間の粂三《くめぞう》だ。

「橋に咲いたは大輪《たいりん》の花。夜空の花を愛《め》でるのに満月半月は似合わない。眉月《まゆづき》あたりがちょうどよい。あ、ほりゃほりゃ、まったくちょうどよい」

臙脂《えんじ》の花火を映す大川には、大小の船がのんびり行き交っている。納涼船だけではなく、文月にはいってからは施餓鬼船《せがきぶね》も目立つようになった。

「ほんに大きな九間《くま》一丸《いちまる》じゃ。中之郷《なかのごう》は羅漢寺《らかんじ》の施餓鬼船に相違ない。あ、ほりゃほりゃ、まったく相違ない」

施餓鬼とは本来、餓鬼道へ落ちた無縁仏を供養する寺の行事だ。施餓鬼船は水死人の霊を弔うためのものだった。次第にそれが、先祖供養やおのれの後生《ごしょう》安全を願う信仰行事になりかわった。

檀那衆《だんなしゅう》は寺の本堂だけでは飽きたらず、この時期、豪壮な屋形船を仕立てて大川へ繰りだす。唐《から》風の幡《のぼり》や天蓋《てんがい》を翩翻《へんぽん》とたなびかせ、鉦《かね》や鐃《どら》を賑やかに鳴らし、大勢で念仏を唱えながら江戸湾を一周する。

迷惑な連中だなと、蔵人介はおもう。

女たちも鼻白《はなじろ》んだ顔でいると、宗次郎がぽつりとつぶやいた。

「粂三よ、興《きょう》を殺《そ》がれるべぃ」

「まさしく、若さまの仰るとおり」

宗次郎は金もないくせに、裏地に龍紋を象《かたど》った派手な着物を纏っている。

月代を青々と深く剃りあげ、鬢は細長く剃りのこしていた。

聞けば、これが今様《いまよう》の洒落た風俗なのだという。

三代将軍家光《いえみつ》の治世に跳梁跋扈《ちょうりょうばっこ》した旗本奴《はたもとやっこ》を髣髴《ほうふつ》とさせるような風体《ふうてい》だが、本人も奴気質をかなり強く意識しており、ふんぞりかえった丹前六法《たんぜんろっぽう》で歩んでみたり、わざと「よかんべい、まいるべい」などといった物言いをする。

そうした口調を面白がるのは、たいてい女たちだ。

「宗次郎どの、気にすることはなにひとつない。好きなだけ傾奇《かぶ》いてみせなされ」

志乃などは、そうやって煽りたてている。

生真面目《きまじめ》な市之進が、横合いから口を挟んだ。

「そういえば義兄上。ちかごろ、べいべい節《ぶし》がまた復活の兆しありとか。旗本の次男坊や三男坊の専横《せんおう》ぶりが目立つと、御目付もお嘆きにござります」

すかさず、串部が合いの手を入れた。

「さよう、寛永《かんえい》の江戸を荒らしまわった鶺鴒《せきれい》組に因《ちな》んで、天保鶺鴒組とか申す不逞《ふてい》の輩が跳梁しておるやに聞きましたぞ。のう、宗次郎どの、そのあたりはお詳しいのではござらぬか」

串部に水をむけられても、宗次郎は応じない。

どうやら、串部や市之進とは馬が合わぬらしい。

たまに小遣いをくれる志乃に「どうしても」と誘われ、嫌々ながら呉越同舟《ごえつどうしゅう》となったにすぎぬ。

志乃は宗次郎に対して、実の孫にむけるがごとき情愛をもって接する。感受性の強い若者には、そのことが身に沁《し》みてわかる。ゆえに、逆らうことができない。

蔵人介は、宗次郎をそっと観察しつづけた。

月光を浴びて蒼白くみえる横顔は繊細で、狂気をふくんでいるやにみえる。

ぽんと、花火がまた爆ぜた。

あたりはとっぷり暮れ、艫灯《ともあか》りが赤々とみえはじめた。

半丁ばかりさきに浮かぶ屋形船から、芸者たちの嬌声《きょうせい》が聞こえてくる。

条三が叫んだ。

「あれにみえるは『尾州屋《びしゅう》』の吉野丸《よしの》、江戸随一の納涼船でござい」

「尾州屋とは、深川佐賀町《さがちょう》の廻船問屋《かいせん》か」

蔵人介の問いかけに、条三は戯《ふざ》けた調子で応じた。

「へへえ、さようにござあります。分限者《ぶげんしゃ》の名は山五郎《さんごろう》、つい先日も江戸町《えどちょう》の扇屋《おうぎ》を惣仕舞《そうじま》いにした大通人にござあります」

いまどき吉原の大見世を借りきってみせるとは、桁違いの金満家《きんまんか》にちがいない。しかも、よほどの悪党でなければ、それだけの金を稼ぎだすことはできぬだろう。

「殿、尾州屋の舸子《かこ》どもは気性が荒いことで知られております」

串部が幇間の説明を引きとった。

「本所《ほんじょ》の地廻《じまわ》りで鬼面《きめん》の勘十《かんじゅう》なる貸元がおりましてな、その鬼勘が舸子どもの口入れを任されているのです」

条三のいう「吉野丸」の船頭たちもみな、紺地に勘十の「十」を白抜きに染めた看板を背負っていた。ところが、芸者をあげて騒いでいるのは、六、七人の若侍たちだ。

「おい、太鼓持ち、連中は何者だ」

「さあて、どなたでありましょう」

粂三はなぜか、蔵人介の問いかけをさらりとかわし、ひらいた扇子をねじり鉢巻きに突きさした。

そうこうしていると、一艘の施餓鬼船めがけて「吉野丸」がのっそり近づいていった。信心深い連中の読経《どきょう》が芸者の嬌声や三味線の音色と重なり、すぐさま、怒《ど》号《ごう》と罵声《ばせい》が飛びかいはじめる。

「抹香臭え連中め、黙らしてやるべい」

若侍どもは裸になって川へ飛びこみ、施餓鬼船に乗りうつる。

「うひゃあ」

白装束に身を固めた男女の悲鳴が、無頼漢どもを煽りたてた。

「そりゃ、覚悟せい」

若侍どもは海賊よろしく喚きあげ、檀那衆を叩きのめしたり、川へ抛りなげたりの狼藉をやりはじめる。

志乃と幸恵は目をまるくさせ、ことばを失っていた。

粂三が亀のように首を伸ばし、すぐに引っこめる。

「おお、怖っ。触らぬ神に祟《たた》りなし」

宗次郎は隣で眉を顰めている。

串部が大声で吼《ほ》えた。

「噂をすれば影、あやつらこそ天保鶺鴒組ではあるまいか。ごんたくれどもめ、殿、檀那衆を助けて進ぜましょう」

助けるのは吝《やぶさ》かではないが、下手をすれば女たちが巻きこまれてしまうかもしれない。

ためらっていると、志乃に鋭く叱責された。

「蔵人介どの、何を迷っておいでか。船頭さん、はやく舳先をむけなされ」

「へい」

一方、宗次郎は困った顔をしている。

おなじ旗本の穀潰《ごくつぶ》し同士、狼藉をはたらく連中と知らぬ仲ではないらしい。

矢背家の面々を乗せて屋形船はぐんぐん近づき、川で溺れかけた男女を何人か救いあげた。

ほかにも何艘かの屋形船が寄りつどい、白装束の檀那衆を救いあげている。

気づいた首領格とおぼしき若侍が、眦子《まなこ》を三角に吊りあげて怒鳴った。

「余計なことをさらすでないぞ。それ、そっちの船にも乗りこんでやるべい」

首領格は大柄な若僧だ。「吉野丸」の舳先に仁王立ち、
きはなつ。

「きゃあああ」

同伴の芸者たちが悲鳴をあげ、船底に蹲《うずくま》った。

「うひゃひゃ、刃向かうやつは斬ってやるべい」

施餓鬼船も屋形船も一斉に離れ、矢背家の船だけが残る。

川に飛びこんだ若侍たちは「吉野丸」へ戻り、褌《ふんどし》一丁で刀を提《さ》げていた。

「そっちも侍か。喧嘩でもやるべいか」

「おう、やるべい、やるべい」

気勢をあげる連中を、市之進が制してみせる。

「おぬしら、物騒《ぶっそう》なものを仕舞え」

市之進は巨漢だけに押しだしも強い。

だが、若侍たちは怯《ひる》んだ様子もみせず、やる気満々といった態度でいる。

首領格が吼えた。

「おぬし、何者じゃ」

「徒目付の綾辻市之進である。狼藉をやめぬと縄を掛けるぞ」

「ちっ、吹けば飛ぶような小役人め」

「なに」

「無粋《ぶすい》な徒目付が女連れで涼み船かい……おっ」

首領格の若僧は宗次郎のすがたを目敏くみつけ、小鼻をぶっと膨らませた。

「そこにおるのは、望月宗次郎ではあるまいか。や、そうじゃ、わしの顔を忘れたのか。稲垣金吾《いながききんご》じゃ、本丸留守居《ほんまるるすい》稲垣主水丞《もんどのじょう》がとこの三男坊よ。いつぞやか、ともに廓でわるさをはたらいたであろうが。忘れたとはいわせぬぞ。おい宗次郎、なんとかほざけ」

宗次郎は応えず、ぷいと横をむいた。

「ほっ、どういう了見《りょうけん》じゃい。お高くとまりやがって、吉原一の花魁を射止めたら、わしら天保鶺鴒組とは付きあえんのか。それとも、屋敷を焼かれて鬼役の居候になった身分では、好き勝手なこともできぬというわけか。くはは、ごんたくれの宗次郎が借りてきた猫のようにおとなしくなっておる。みんな、指を差して嗤ってやれい」

乾分《こぶん》どもといっしょにひとしきり嗤い、稲垣は大音声を発してみせた。

「わんざくれ、ふんぞるべいか、けふばかり、あすはからすが、か、天下御免の旗本奴、山中源左衛門《やまなかげんざえもん》辞世《じせい》の句じゃ。わしらの生き様はその日まかせ風まかせ、いつなりとでも腹切る覚悟はできておる。山中源左衛門の再来と謳《うた》われた望月宗次郎も、ずいぶんとやわになりさがったものよ。うけけ、さては薄汚れた売《ばい》女《た》に惚れ、命が惜しくなったか」

「なにを」

宗次郎はむっとし、艫から立ちあがった。

これを、蔵人介が制止する。

「待て、阿呆の相手になるな」

夕霧を「薄汚れた売女」と蔑《さげす》まれ、宗次郎は頭に血をのぼらせた。

なかなかよいところがあると感じつつも、蔵人介は宗次郎を座らせる。

「もしや、おぬしは鬼役か」

稲垣が嬉しそうに声を掛けてきた。

「鬼役一筋十九年、出世の見込みは露《つゆ》ほどもなし。みんな、よおく顔を拝んでやれ。あれがたった二百俵の役料を十九年も貰《もら》いつづけておる男の顔じゃ」

串部が声をひっくりかえした。

「図に乗りやがって。殿、あやつらを赦《ゆる》せませぬ」

「よい、抛っておけ」

口惜《くや》しそうな串部を尻目に、稲垣は大振りの盃で酒を一気に干した。

「ぷふう、ちったあすっきりした。よし、鬼役に免じて今夜のところは勘弁しといてやるべい。宗次郎よ、ひとこと言っておくぞ。おぬし、女々《めめ》しい男になりさがったのう。口惜しかったら、どでかいことをしでかし、わしらを驚かしてみせい」

「くそっ」

宗次郎は、ぎりっと奥歯を噛みしめた。

「ふふ。さ、帰るぞ。芸者ども、派手に歌え。三味線を鳴らすべい」

天保鶺鴒組を乗せた「吉野丸」は賑やかに遠ざかっていった。

「とんだ涼み船になりましたね。でも、なにやら楽しかったですよ」

志乃は無理に笑ってみせるものの、楽しかったでは済まされそうにない。

蔵人介のみならず、誰もが凶兆《きょうちょう》を感じとっていた。

宗次郎は両方の拳を握り、沸騰しそうな怒りを必死に抑えこんでいる。

屋形船は水の月を裂き、静まりかえった川面を滑りはじめた。

二

翌三日、蔵人介は出仕《しゅっし》して夕餉の毒味を済ませ、しばらく控え部屋で仮眠をとった。

相番は新参者の桐原新左衛門、その桐原に耳打ちされたのは、亥《い》ノ下刻（午後十一時）を過ぎたころのことだ。

「矢背どの、譴責《けんせき》之間へおはこびくだされ」

桐原は薄笑いを浮かべ、秘かに命じられたことを口にした。

命じた人物は中野碩翁、譴責之間とは小納戸頭取が諸々の指示を出す控え部屋の異称である。

「何用であろう。夕餉に粗相《そそう》があったとは聞いておらぬが」

「わたしも聞いておりませんよ。ともかく、お急ぎなされ」

桐原はちかごろ、碩翁から瑣事《さじ》を仰せつかるようになった。

これを嬉々としてこなすうちに、態度が横柄《おうへい》になったとの酷評も耳にする。

だが、野心旺盛《おうせい》な桐原にとって、周囲の噂は気にならぬらしい。中奥の実権を握る碩翁から気に入ってもらえることだけが出世の早道と信じ、この男は鬼役を淡々とこなしている。

蔵人介は薄暗い廊下を渡り、譴責之間へ急いだ。

蠟燭《ろうそく》の灯りが漏れる部屋へ近づくと、厳《いか》めしげな嗄れ声が聞こえてきた。

「来たか、はいれ」

「失礼いたします」

蔵人介は身を捻《ね》じいれ、障子を閉めるや、畳に額《ぬか》ずいてみせた。

碩翁に声を掛けられたのは、隅田村の有明亭という料理茶屋に呼ばれて以来のことだ。あの夜は春雨が降っていた。朧月《おぼろづき》が闇夜を照らす幻のような光景は、今でも忘れられない。

料亭の奥座敷に招じられ、蔵人介は刺客になれと迫られた。なんと、隣人の望月左門を亡き者にせよと命じられ、言下に断った。爾来《じらい》、針の筵《むしろ》に座らされることとなり、今日という日を迎えた。

もしかしたら、どうでもよい理由で腹を切らされるのかもしれぬ。

「矢背蔵人介、面《おもて》をあげよ」

「は」

碩翁に促され、蔵人介は顔をあげた。

白い眉を怒らせた碩翁は上座におり、もうひとり、恰幅《かっぷく》のよい人物が控えている。

「そちの知らぬ相手ではない。本丸留守居の稲垣主水丞どのだ」

蔵人介の片眉が、ぴくっと動いた。

「ふふ、察したか。さよう、昨夜の一件じゃ。稲垣どのに泣きを入れられたのだわ」

「まこと、碩翁さまには夜分にお骨折りをいただき、恐悦至極《きようえつしごく》に存じまする」

稲垣の太い声が聞こえた。容姿は見知っているが、声ははじめて耳にする。

本丸留守居といえば職禄五千石の旗本最高位。その稲垣にむかって碩翁は「どの」呼ばわりした。逆に、高位であるはずの稲垣は「碩翁さま」と呼んで恐縮している。立場の優劣はあきらかだった。

本丸留守居は大奥の御広敷《おひろしき》を掌握する重職でもある。かつて、大奥への阿片流出に関わり、蔵人介は御広敷番頭《ばんがしら》の葛城玄蕃《かつらぎげんば》を秘かに成敗した。

じつは、葛城を動かした人物が稲垣だったのではないかと、蔵人介はかねてより疑っている。しかし、葛城の死によって阿片の流出は阻止されたので、深入りを避けていたのだ。

そうした経緯など露ほども知らず、稲垣は慇懃《いんぎん》に喋りかけてきた。

「矢背とやら、昨晩のことは忘れよ」

別に忘れてもよいが、理由は聞いておきたい。

平伏したままでいると、稲垣は苦しげにつづけた。

「不肖《ふしよう》の三男坊が狼藉をはたらいた相手、それがな、智泉院《ちせんいん》の檀那衆だったのよ」

中山法華経寺《なかやまほけきようじ》智泉院の住職は日啓《にっけい》、美貌と才気で家斉の寵愛を受けるお美代の方の実父である。娘の威光で日啓は余人を介さず家斉に接見できる立場となり、智泉院は将軍家御祈禱《ごきとう》取扱所に格上げされ、御殿女中にもっとも人気のある参詣寺となった。

幕府の重臣たちも挙《こぞ》って寄進《きしん》をおこない、檀那衆のなかには重臣たちの金蔓《かねづる》である有力な御用商人たちが大勢ふくまれている。そうした連中が仕立てた施餓鬼船に狼藉をはたらけば、ただでは済まない。

事態を憂慮した稲垣は倅《せがれ》の悪行を隠蔽《いんぺい》すべく、碩翁のもとへおもむいた。

碩翁は日啓に頼まれてお美代の方の養父となり、出世の糸口をつかんだ人物だ。

これ以上の相談相手はいない。

「昨晩の一件につき、目付の査問があるやに聞いておる。幸い、夜目ゆえに檀那衆のなかで金吾の顔をしかとおぼえておる者はおらぬ。ただし、おぬしらだけは別じゃ。金吾を責めて訊いたところによれば、涼み船には徒目付もおったとか」

「義弟の綾辻市之進にござります」

「それよ。徒目付は四角四面のうえに融通が利かぬ。おぬしのほうから口を封じておけ。金吾の命なぞどうでもよいのじゃ。ただ、稲垣家の家名を汚すことだけは断じてできぬ。の、おぬしも旗本の端《はし》くれなら理解できるであろう。わざわざこうして出向いたのじゃ。頼むぞ」

「はあ」

「なにやら歯切れがわるいの」

「ぬほほ、稲垣どの。こやつは生来のへそまがりにござってな」

碩翁は笑ったそばから、こちらを睨みつける。

「されど、矢背よ。わしとて伊賀者《いがもの》を束ねる稲垣どのを敵にまわすわけにはいかぬ。目付から尋ねがあっても知らぬ存ぜぬで通すのじゃぞ」

「かしこまりました」

「それでよい。稲垣どの、ご子息にはきつく灸《きゅう》を据えてもらわねばなりますまい。少々の跳ねっ返りは目を瞑《つむ》るにしても、大事にいたるまえに芽は摘んでおかねば」

「まったく、お恥ずかしいかぎりでござる。では、失礼つかまつる」

稲垣はそそくさと消えた。

蔵人介が辞去《じきょ》しかけると、碩翁が膝を寄せてきた。

「かような馬鹿げたことで、おぬしを呼んだとおもうか」

「されば、どのようなご用件で」

「生意気な口を利くな」

「はは」

「鬼役のひとりやふたり、いつなりとでも潰すことはできる、南京虫《なんきんむし》のようにのう。おぬしを潰さずにおるのは、まだ使い道があると踏んでおるからよ。いつぞやのこと、忘れたとは言わせぬぞ」

蔵人介は黙したまま、潰れ蛙のように平伏した。

「まあよい。ひとつ訊きたいことがある。おぬし、居候を抱えておるらしいの。そやつは何者じゃ」

「浪人者にござります。多少、剣術のおぼえがあるゆえ、用人に雇いました」

蔵人介は淀《よど》みなく嘘を吐いた。

「ふうん。用人づれが悪所通いにうつつを抜かしておるのか」

誰かに調べさせたのか、碩翁の口調は厳しいものに変わった。

「そやつ、望月の倅ではないのか。正直に申せ」

「人違いにござりましょう。その者が悪所通いにうつつを抜かしておるようならば、即刻、お払い箱にいたしまする」

「ふん、まあよいわ。わしが見切ったときが、そちの終わるときじゃ。よおくおぼえておけ」

「はは」

「去《い》ね。もう用事は済んだ」

蔵人介は目を伏せ、譴責之間から身を退いた。

ずんと沈んだ気分で廊下を歩み、控え部屋へもどる。

待ちかまえていた桐原が、意味ありげな顔で笑った。

「何が可笑《おか》しい」

「可笑しくはありません。あなたが羨《うらや》ましいだけですよ」

「桐原、ひとつだけ言っておく」

「なんでしょう」

「野心を持つなとは言わぬ。ただ、今のお役目をおろそかにするな。姑息《こそく》な手をつかえば、いつかかならずしっぺ返しを食うぞ」

「肝に銘じておきましょう」

桐原はのっぺりした顔で吐きすてた。

その夜以来、蔵人介の眠りは浅くなった。

三

重大事は六日に勃《お》こった。

七夕《たなばた》の朝、江戸勤番の諸大名が白帷子《しろかたびら》で拝賀に訪れた城内は、その一件でもちきりになった。

「なんと、尾張《おわり》どののご家老さまがお腹を召されたそうな」

「それはまたどうしたことじゃ」

「しかとはわからぬ、噂では鯖代《さばだい》を盗まれたらしい」

「鯖代を、いったい誰が」

「それがわかれば苦労はせぬ」

「畏《おそ》れおおいことじゃ」

「くわばら、くわばら」

こうしたお城坊主の会話が、蔵人介の耳にも聞こえてきた。

鯖代とは目録《もくろく》にも「黄白《おうはく》の鯖」とあるように、諸大名が将軍家へ献上する金銀のことだ。足利《あしかが》幕府からの慣例を踏襲したもので、たぶんに儀礼の色彩が濃いとはいえ、御三家筆頭の尾張家ともなれば、数千両相当の金額は納めねばならない。

葵紋の会符《えふ》を立てた荷駄《にだ》が品川を越え、府内を移送中に盗まれたとの急報を受け、江戸家老の大八木監物《おおやぎけんもつ》は腹を切った。責任のいっさいを負ったのだ。

七夕の諸行事は前日の宵祭りからはじまる。武家町家を問わず素麺《そうめん》を饗し、紙でつくった酸漿《ほおずき》、西瓜《すいか》、筆、三猿《さんえん》、瓢《ひさご》などの縁起物とともに、願い事の書かれた短冊を笹竹に結びつけ、その笹竹を貴賤《きせん》の別なく屋上へ立てる。

棟割長屋にも武家屋敷にも、背の高い青竹が林立し、風に吹かれてさらさらと町じゅうが涼しげな音を鳴らしていた。

尾張藩の勤番藩士らは竹林と化した江戸に散り、鯖代の行方を追った。

だが、必死の捜索も虚《むな》しく、ついに七夕薄明、大八木監物は詰腹《つめばら》を切った。

――短冊に　願うはひとつ黄白の　行方知りたや　詮方もなし　鯖で裁かれ　逝くこの身かな。

国元にあった藩主斉温《なりはる》は、のちに辞世らしき句を聞かされ、大八木の性急さを責めたという。

斉温は将軍家斉の十九番目の男子にあたり、徳川宗家《そうけ》とはきわめて濃い関わりにあった。尾張家の恥は将軍家の恥、このたびの出来事があまねく知れわたれば、幕府の沽券にも関わってくる。ために、江戸家老の切腹をもって一件落着、すべては隠密裡に処理されるはずだった。

ところが、何者かの口から重大事は漏れ、噂は千代田城内へ漣《さざなみ》のようにひろがった。

尾張藩の上屋敷は市谷御門外にある。

十万坪余りの広大な敷地で、矢背家のある御納戸町とは目と鼻のさきだ。蔵人介にとって、尾張屋敷の海鼠塀《なまこべい》や御殿の甍《いらか》は見馴れた風景にほかならず、屋敷内で凶事があったかとおもえば平常心ではいられなくなる。

譴責之間に呼ばれて以来、ろくなことがない。

そういえば、施餓鬼船の件で御目付から尋ねはあったが、稲垣金吾の名は伏せておいた。そのはなしを聞き、市之進は不満げな顔をしてみせたものの、相手が碩翁となればここは沈黙に徹するしかあるまい。

宿直の明けた八日夕刻。

縁側で茅蜩《ひぐらし》の鳴き声に耳をかたむけていると、串部が難しい顔で報告にあらわれた。どうにも気になって夢見が悪いので、鯖代が盗まれた件を調べさせていたのだ。

「何かわかったか」

「は、妙なことになってまいりましたぞ」

尾張藩は老中に申し入れをおこない、町奉行所へも助力を仰ぎ、鯖代を盗んだ下手人を今も血眼《ちまなこ》で追っている。そうしたさなか、天保鶺鴒組に疑いの目がむけられつつあると、串部は説いた。

「江戸家老が腹を切った翌日七夕の晩、吉原江戸町の扇屋を惣仕舞いした連中がおりました」

稲垣金吾を筆頭とする天保鶺鴒組の面々だ。町奉行所は江戸じゅうの主立った歓楽街に網を張っていたので、羽振りのよい若侍の一団は嫌でも注目を浴びた。

「しかも、金蔓《かねづる》の尾州屋山五郎を調べてみると、尾張藩の御用達をつとめる廻船問屋でした。藩にたいして巨額の貸金があり、台所事情にも詳しい」

「だからといって、跳ねっ返りどもをけしかけ、御用金ともいうべき鯖代を盗ませるか。よほどの理由がないかぎり、さような危ない橋は渡るまい」

事実、江戸家老が亡くなった翌晩に遊廓を借り切るなどという愚行に、尾州屋は関わっていない。稲垣金吾らが身銭を切って宴を張ったらしいのだが、そのことがかえって疑惑を深めることとなった。

「七夕は紋日《もんび》なので、廓の遊び代は倍に膨らみます。にもかかわらず、急に金まわりのよくなった旗本の厄介者どもは、大金を惜しげもなく散財した。その理由を勘ぐれば、おのずと導きだされるこたえはひとつ」

「鯖代か」

「はい、さように疑われても致し方ござりません」

ただし、相手が旗本の子息となれば、町奉行所の管轄《かんかつ》ではない。尾張藩も表立っては手が出せない。

「そのうえ、市之進どのには申しわけありませぬが、御目付は頼りになりませぬ」

「打つ手なし。それでは、やったもの勝ちということにならぬか」

「もし、まことにやったのだとしたら、ごんたくれどもはさように考えておりましょう。が、世の中そう甘くはない。由々《ゆゆ》しき連中が動きだしたとの噂もござる」

「由々しき連中とは」

「尾張柳生《やぎゅう》」

と聞き、蔵人介は空唾を呑みこんだ。

柳生新陰流《しんかげ》の正統は、代々、尾張藩主と尾張柳生家の当主が交替で継いできた。いわば両者は一心同体、切っても切れない間柄にある。

藩の危機に柳生家が蠢動《しゅんどう》しないわけがない。

「尾張柳生は新六厳政《しんろくとしまさ》どのの統率下にあります。されど、かような一件で動くとすれば、刺客を得手《えて》とする闇の者たちでしょう」

「おるのか、そうした連中が」

「我善坊徹心斎《がぜんぼうてっしんさい》なる者の名だけは聞いたことがござります」

「我善坊徹心斎、坊主か」

「風体は存じませぬ。ただ、新陰流随一の遣い手とか」

「ふうむ」

いずれにしろ、暗殺を旨《むね》とする得体の知れぬ連中が動けば、旗本の厄介者などひとたまりもあるまい。

「殿、まっさきに申しあげるべきでしたが、七夕の紋日、おなじ吉原江戸町の『松葉屋《まつばや》』に宗次郎どのがしけこんでおりました」

「うん、それで」

「扇屋とは隣同士。稲垣金吾は二階越しに大声で宗次郎どのに罵声を浴びせ、散々に煽りたてたあげく、宴席へ誘いこみました」

「なんだと」

「しかしながら、双方とも情けないほどに酩酊《めいてい》しており、喧嘩にもならない。気づいてみれば、宗次郎どのは鶺鴒組の輪のなかで気勢《きせい》をあげておったとか」

「あの莫迦」

「下手をすれば、連中の仲間とみなされます」

「今はどうしておる」

「市之進どのと拙者が交替で松葉屋を見張っております。なにせ、連れだそうにも言うことを聞きませぬ」

「かえって、楼内におったほうがよいかもしれぬ」

「は」

「それにしても困ったな。その我善坊とやらに動かれたら、町じゅうに屍骸が転がるぞ」

夜半、蔵人介の不安は的中した。

四

八日の夜から十日の未明にかけて、若侍四人の斬殺死体がつぎつぎにみつかった。ひとりは馬道《うまみち》、ひとりは衣紋《えもん》坂、ひとりは浅草田圃《あさくさたんぼ》、ひとりは羅生門《らしょうもん》河岸脇の鉄漿溝《おはぐろどぶ》、斬られた場所はみな吉原の周辺である。

串部によれば、天保鵜鴣組の連中は七夕の夜からずっと廓で遊び惚《ほう》けていたらしい。生きのこったのは首領格の稲垣金吾ともうひとり、平井錠之助《ひらいじょうのすけ》という大番頭《おおばんがしら》の次男坊であった。

ふたりは廓からすがたを消していた。

おおかた、自邸に隠れているのだろう。

宗次郎はといえば、松葉屋の二階に籠もったきりだ。

串部の寄こした使いの急報を受け、蔵人介は重い腰をあげた。

吉原の華美な雰囲気にも、厚化粧の遊女たちにも馴染《なじ》めない。遊ぶのなら、きりりしゃんとした辰巳《たつみ》芸者のほうが好みだが、この際、そんなことはどうでもよかった。

宗次郎を引きずってでも、御納戸町へ連れかえらねばなるまい。

そのように心を決めて自邸を飛びだし、とりあえずは辻駕籠で日本橋《にほんばし》へむかった。

さらに、日本橋で小窓のない吉原駕籠に乗り継ぎ、浅草寺《せんそうじ》まで一気に走らせた。

日本橋から吉原大門《おおもん》までは一里半（約六キロ）、三朱《しゅ》も払えば駕籠かきは半刻足らずで駆けぬけてくれる。

浅草寺裏門から日本堤《にほんづつみ》へむかい、土手《どて》八丁《はっちょう》を飛ばすころには小雨がぱらつきはじめ、見返り柳の手前から左手の衣紋坂へ曲がったあたりで土砂降りとなった。

「おい、何刻《なんどき》だ」

酒手《さかて》をねだる駕籠かきに問えば、暮れ六つの鐘が鳴ったばかりという。

「そうか、鐘の音も聞こえなかったな」

「ひでえ雨でやんすからねえ。でも旦那、こいつはすぐに熄《や》みますぜ」

そんなことはわかっているが、駕籠のなかで雨上がりを待つのも面倒臭い。

「ええい、ままよ」

駕籠から地に降りたった途端、上から下までずぶ濡れになった。

雨粒を嚙みしめつつ、黒光りした冠木門を恨めしげに仰ぎみる。

「くそっ、厄介者の穀潰しめが」

蔵人介は悪態を吐き、大門をくぐった。

江戸町一丁目は、大門にいちばん近い。

松葉屋の紅殻格子は、黙っていても目にはいった。

「義兄上」

四郎兵衛《しろうべえ》会所の陰から、ふたつの影がちかづいてくる。

番傘をさした市之進と串部だった。

なにやら、にやついている。

「ふふ、水も滴るいい男ですな」

「莫迦たれ」

蔵人介は市之進の番傘を引ったくった。

「さあて、困ったぞ。松葉屋へ揚がる金がない」

「義兄上、冗談は顔だけにしてくだされ」

「冗談ではない。幸恵に行き先を告げるわけにもいかなんだ」

「妙なところに気を遣いますね。別に廓遊びをするでもなし、正直に事情を話せばよいものを。それほどまでに、姉上が恐ろしいのですか」

「余計な波風を立てたくないだけよ」

ふたりのやりとりを遮《さえぎ》るように、串部が横から口を挟んだ。

「殿、段取りはできております」

「揚げ代はいらぬのか」

「はい。例のおふくを使いました」

「芳町《よしちょう》にある一膳飯屋の女将《おかみ》だな」

「は」

なぜか、串部は耳まで赤くなった。

おふくは、ふっくらとした色気のある女だ。客あしらいがじつに上手い。それもそのはずで、かつては吉原の花魁だった。身請《みう》けしてくれた商人が、抜け荷に絡んで闕所《けっしょ》となった。傷心のおふくは裸一貫から一膳飯屋を立ちあげ、細腕一本で店を軌道に乗せたのだ。

本人によれば、そのむかしは廓で妍《けん》を競ったほどの花魁だったとか。

串部は店の常連にすぎぬが、日頃から何かと相談に乗ってやっている。誰の目からみても、おふくに惚れているのはすぐにわかった。

「隼《はやぶさ》小僧を成敗したときも、おふくの世話になったな」

「ええ。あのときも、酩酊した宗次郎どのを桔梗《ききょう》屋から担ぎだしました。おふくは松葉屋の遣手《やりて》ともよく知った仲なので、揚げ代は取ったことにしてくれるそうです」

「ありがたい」

「なれば、さっそく」

雨はなかなか熄まず、そのおかげで遊客もあまり出ていない。

妓《おんな》たちは紅殻格子へ張りつき、争うように声を掛けてきた。

三人は関心もしめさず、入口の妓夫《ぎゆう》に大小を預け、松葉屋の大暖簾をくぐった。

釣行燈《つりあんどん》の八間《はちけん》が、大広間を照らしつくしている。

屏風《びょうぶ》で仕切った廻し部屋のほうから、遊女たちの嬌声が聞こえてきた。

内証《ないしょう》に楼主はおらず、意地の悪そうな女将が金精進《こんしようじん》や撫牛《なでうし》に囲まれ、禿《かむろ》に肩を揉《も》ませている。

三人は女将の睨みを避け、奥の大階段を上がった。

二階の手前に遣手部屋があり、おふくが愛嬌のある顔をみせる。

「お殿さま、お久しゅうござります」

「また世話になったな。このとおり礼を申すぞ」

「天下の鬼役さまにお礼なんぞされたら、わっちも舞いあがっちまいますよう」

おふくは奇妙な廓ことばをつかい、心の底から照れてみせる。

「宗次郎はどうした」

「夕霧としっぽり。でもね、いつなりとでもほっぽりだしてもらえるよう、遣手から伝えてござんすよ」

「夕霧は承知したのか」

「承知もなにも、このまま間夫《まぶ》に居座りつづけられた日にゃ、夕霧の首が絞まります。あの妓《こ》は人気者だから、松葉屋さんの看板にも障りましょう」

おふくの言うとおりだ。宗次郎の揚げ代はすべて、夕霧が負担しなければならない。

隣の大部屋から、遊客の笑い声が聞こえてきた。蓬莱台《ほうらいだい》を掲げる若い者が廊下を渡り、煌《きら》びやかに着飾った遊女たちもすがたをみせる。世の中には食えない連中が大勢いるというのに、吉原随一の大見世はけっこうな繁昌《はんじょう》ぶりであった。

「さ、参りましょう」

おふくに誘われ、三人は奥の八帖間へむかった。

襖《ふすま》を開けた途端、夕霧が待ちかまえていたかのように、嫣然《えんぜん》と微笑んだ。

豪華な横兵庫《よこひょうご》に灯籠鬢《とうろうびん》、満艦飾《まんかんしょく》の簪笄《かんざしこうがい》、着物は白地に赤い大鶴を群れで飛ばした大胆さ、まさしく北国《ほっこく》に咲いた大輪の花だ。

「天女《てんにょ》だな」

おもわず、蔵人介はつぶやいた。

七夕伝説では、地上に舞いおりた美しい天女が人界《じんかい》の男と結ばれる。男は天女を追いかけ、梶《かじ》の木から繰りだされた糸にとりつく。糸を伝って登りつづけた男は昇天し、牽牛《けんぎゅう》となる。ゆえに、織姫《おりひめ》は梶の葉姫とも呼ばれ、ひとびとは梶の葉に和歌や願い事を記して笹竹に結びつけるようになったともいう。

牽牛となるべき男は、夕霧の膝枕で高鼾《たかいびき》を掻いていた。

豪勢な衣裳の袂《たもと》に隠され、顔はみえない。どうせ、酔蟹のように赤く茹《ゆ》であがっているのだろう。

「あらあら、どうしよう。正体をなくしちまっているよ」

おふくはひとこと言いのこし、廊下の様子をみにいった。

蔵人介が無言で歩みよると、夕霧はすっと膝をずらした。

「おい宗次郎、起きろ」

命令口調で呼びかければ、寝ていたはずの男がぴょこんと頭を持ちあげる。

「あっ」

みなが一斉に声をあげた。

男は宗次郎ではない。

「へ、粂三でやんす」

「太鼓持ちが何をしておる」

「へ、若さまの名代《みようだい》で」

「ふざけるな」

「へ」

粂三は細い首を引っこめた。

夕霧が凛《りん》とした口調で言いはなつ。

「ぬしさんは辰巳へ行かしゃんした」

「辰巳、深川か」

横から、粂三が口を挟んだ。

「若さまは尾州屋へむかわれた。あ、むかわれた」

「尾州屋へ、なにゆえじゃ」

「平井錠之助なるご朋輩《ほうばい》をお救いに。なんでも、尾州屋の船倉で囚われの身になっておられるとか」

蔵人介は夕霧にむきなおった。

「そなた、危ういと承知で行かせたのか」

怖い目で睨まれても、吉原一と評判の花魁はいっこうに動じない。

「待っておれ、かならず帰ってくるからな。そう、ぬしさんは仰った。わっちがどうして止められましょうや」

夕霧はやおら立ちあがり、蔵人介にお辞儀をすると、睫毛を伏せたまま部屋から逃れていった。

入れかわりに、おふくが舞いもどってくる。

「夕霧は泣いておりましたよ。いったい、何があったのでござります」

「宗次郎どのが弾けたのさ」

串部が口惜しそうに応じた。

誰の責任でもない。宗次郎がおのれの判断でやったことだ。

ただし、いかなる理由があろうとも、女を泣かせてはいかん、と蔵人介はおもう。

何はともあれ、宗次郎のあとを追わねばなるまい。

三人は、遊客でいっそう賑わいはじめた松葉屋をあとにした。

五

深川佐賀町までは今戸《いまど》橋から二艘の猪牙舟《ちょきぶね》に分乗し、一気呵成《かせい》に隅田川《すみだがわ》をくだる。

随行した幇間の条三によれば、平井錠之助と宗次郎は従前から気のおけない間柄で、このたびも平井のほうから付け文《つぶみ》を寄こしたのだという。

「付け文を」

「尾州屋に殺される。助けてくれ、と」

宗次郎は文面にざっと目をとおし、市之進らの目を盗んで松葉屋を飛びだした。

「かれこれ、一刻は経っておりましょう」

蔵人介が日本橋で吉原駕籠を拾ったころだ。

おそらく、付け文は宗次郎を呼びだす罠であろう。

おなじような付け文が、稲垣金吾のもとへも届いたはずだ。

が、性根《しょうね》の腐った金吾は朋輩を救いにやってきたりはしない。

それを見越したうえで、宗次郎は俠気《おとこぎ》をみせようとしたにちがいない。

いったい、尾州屋とは何者なのか。

このたびの一件にどこまで関わっているのか。

気づいてみると、猪牙舟は永代橋手前の油堀《あぶらぼり》へ舳先をむけていた。

尾州屋は船倉を何棟か抱えており、軒をならべた船倉は油問屋のならぶ堀沿いの一角を占めている。

四人は船着場から陸《おか》へあがった。

幸いにして雨は熄んだものの、空は漆黒に塗りかためられている。

提灯がなければ道を見失うほどであったが、船倉のひとつが篝火《かがりび》に煌々《こうこう》と照らされており、それが恰好の目印となった。

気づかれぬように近づいた。

気の荒そうな舸子や荷役たちが、喧嘩装束で右往左往している。

「おめえら、てれんこてれんこしてんじゃねえぞ。捜せ、若僧を捜しやがれ」

偉そうに檄《げき》を飛ばす男が、条三によれば、鬼面の勘十らしい。

本所ではかなり名の知れた貸元だけに、乾分《こぶん》の数も多かった。

さらに近づいてみると、船倉の奥から人の呻きが聞こえてきた。

「誰かが吊り責めにされておりますな」

夜目の利く串部が囁いた。

「宗次郎か」

「いいえ、平井とか申す若僧でしょう」

「なれば、連中が捜しているのは宗次郎か」

「そういうことになりますな」

蔵人介は、ほっと安堵の溜息を吐いた。

少なくとも、宗次郎はまだ生きている。

篝火の陰から、突如、怒鳴り声が響いてきた。

「勘十、若僧は深傷《ふかで》を負っておる。遠くへは逃げられぬはずじゃ」

殷々《いんいん》と発する男のすがたは暗闇に紛《まぎ》れ、はっきりとはみえない。

ひょっとすると、尾張柳生の刺客かもしれなかった。

我善坊徹心斎という名が、脳裏にちらつく。

やがて、いかにも商家の旦那然とした中年男があらわれた。

「おい太鼓持ち、あれは」

「尾州屋の旦那でござあります」

「悪党面だな」

尾州屋山五郎は油断のない眼差《まなざ》しを周囲に配り、篝火の陰へ消えた。

声だけが微《かす》かに聞こえてくる。

「徹心斎どの、もう結構です。若僧を殺っちまってくだされ」

「ふん、承知した」

大きな影が蠢き、入道頭がちらりとみえた。

船倉の奥ではあいかわらず、吊るされた男が呻いている。

その呻きが一瞬にして凍りつき、呼吸も躊躇《ためら》われるほどの静寂が訪れた。

「うぬっ」

串部が眉間に皺を寄せる。

蔵人介にも惨状はみえた。

吊るされた若侍は胴を斜めに断られ、下半分を失っていた。

「殿、太刀筋をご覧になりましたか」

「左袈裟《けさ》だ。順勢《じゅんせい》に断ったな」

「しかも、片手斬り」

我善坊徹心斎なる者、やはり、並みの遣い手ではない。

「閉門、閉門」

鬼勘の合図で、船倉の門が閉ざされた。

乾分どもがひとり残らずいなくなると、四人は暗がりから逃れ、四手に分かれて宗次郎を捜しはじめた。

時折、雲間から月が顔をみせ、塀の表面を照らしだす。

川魚が飛沫をあげる様子まで、手に取るようにわかった。

千鳥《ちどり》橋をのぞむ堀川町《ほりかわちょう》へたどりついたとき、蔵人介はもう少しで声をあげそうになった。

何者かの濡れた手で、足首をつかまれたのだ。

まるで、河童《かっぱ》に触れられたかのようだった。

河童は尋常ならざる膂力《りょりょく》でもって、人を川へ引きずりこむという。

「宗次郎か」

返事はない。

河童は手を放し、ぽちゃんと堀のなかへ潜ってしまった。

「本物の河童かな」

目を凝《こ》らして壊れた水の月を窺《うかが》うと、朽《く》ちかけた小舟の舳先がみえた。

急いで土手を降り、汀《みぎわ》へ身を寄せる。

小舟は葭《よし》の山に隠されており、葭を除けると、宗次郎が胸を抱えこむような恰好で眠っていた。

肩口のあたりに深傷を負っている。

が、適切な手当てがなされており、命に別条はなさそうだ。

「おい、宗次郎」

蔵人介は声を掛け、渇いた口を水で濡らしてやった。

宗次郎は薄目を開け、いつになく真剣な顔で睨みつける。

「平井は……ど、どうなりましたか」

蔵人介は、黙って首を横に振った。

「く、くそっ」

金瘡《きず》が疼《うず》くのか、宗次郎は苦しそうに喋った。

「尾州屋が……い、稲垣金吾たちに鯖代を盗ませたのです」

「平井に聞いたのか」

「はい。仲間がつぎつぎに殺されたので、平井は尾州屋を疑いました」

「つまりは口封じ」

「それを確かめるべく、足をむけたあげくがこれです」

「関わりのないおぬしまで、巻きこもうとするとはな」

「巻きこんだのではなく、頼ってくれたのです」

「大川で散々、莫迦にされたであろうが」

「あのなかに平井はおりません。もし、やつがおったら、施餓鬼船に乱暴をはたらくような莫迦はさせていない」

「なるほど」

「平井とは道場の同門、板の間で鎬《しのぎ》を削った仲でした」

「甲源一刀流か」

「はい」

自信が裏目に出たのだ。

平井は呆気なくも捕らえられ、仲間を誘《おび》きよせる餌につかわれた。

それにしても、尾州屋はなぜ、尾張藩の鯖代を盗ませたのだろうか。

しかも、下手人を追う立場であるはずの我善坊徹心斎と繋がっている。

裏にからくりがありそうだなと、蔵人介はおもった。

ともあれ、今は宗次郎を無事に御納戸町へ連れもどすのが先決だ。

「立てるか」

「は、はい」

「よし、肩につかまれ」

宗次郎は痛みをこらえ、蔵人介の肩に手を掛けた。

「おぬし、あの入道と刀を交えたのか」

「ふっ。一撃で刀を折られ、肩をざっくりやられました。そのあとは何がなにやら」

はっきりとは、おぼえていないらしい。

ただ、陣風のような影が走りぬけ、我善坊の裾を攫っていった。

「あの影はなんであったのか」

「河童かもしれぬぞ」

「はは、そうかもしれませせぬ」

宗次郎は力なく笑った。

ふたりで肩を組み、堀端を永代寺《えいたいじ》門前にむかって歩みだす。

はじめて宗次郎と打ちとけられたような気がして、蔵人介は少しばかり嬉しかった。

六

十一日、蔵人介は従者の串部とともに城へむかった。

家斉が夕餉をとる暮れ六つまでには、まだ一刻の猶予《ゆうよ》がある。

にもかかわらず、大手、桜田の両御門には篝火が焚《た》かれていた。

黒雲が天を覆い、周囲は不気味な闇に包まれている。

「殿、なにやら不吉な空模様ですな」

串部は天を仰ぎ、強風に渦巻く群雲《むらくも》を睨みつけた。

「嫌な空だ」

蔵人介もさきほどから、凶兆を感じとっている。

桜田御門を潜りぬけ、玉砂利を踏みしめた。

しばらく進むと、一本差しの痩せた男が影のように近寄ってきた。

「むっ」

串部に刀を抜く暇もあたえず、男は蔵人介に早口で用件を告げた。

「亥ノ正刻《せいこく》（午後十時）、楓《かえで》之間へおはこびくだされ」

「なに」

訊きかえしたときには、すでに男は背をむけ、二間余りも遠ざかっていた。

「殿、何やつですか」

「公人朝夕人、土田伝右衛門よ」

「あれが」

「知っておるのか」

「噂だけは」

公人朝夕人とは将軍上洛の際、かたわらにあって尿筒を携行する小者《こもの》のことをいう。だが、尿筒持ちは表向きの役目、まことは家斉を守る最後の盾として控えている。ときには将軍直々《じきじき》の命を受け、要人の暗殺すらおこなうとも聞いていた。

「死神のような男ですな。近寄ってきただけでも、鳥肌が立ちましたぞ」

「危うい男さ」

「そやつがまた何を」

「楓之間へ来いとの言伝《ことづて》じゃ」

「いったい、誰がそのような命を」

「さあて、楓之間と申せば上様お控えの間、ご近習のなかでも格別にお気に入りのお方しか出入りできぬはず」

「ひょっとして、上様御自らお呼びつけになられたのでは」

「まさか」

「どうなされます」

「どうするも何も、楓之間へ忍んでみるしかあるまい」

忍んだところをみつかれば、首が飛ぶ。

それくらいは、串部にも察することができた。

「下馬先にて、いつまでもお待ち申しあげておりますぞ」

ことさら、しんみりした口調で吐いてみせる。

「その必要はあるまい」

蔵人介は自分でも不思議なほど冷静だった。

楓之間は、公方家斉が食事をとる御小座敷《おこざしき》の脇から御渡《おわたり》廊下を抜けた左手にある。膳奉行の控える笹之間から、御小座敷までは遠い。三十帖敷きの萩《はぎ》之御廊下など長大な廊下を渡り、さらに御渡廊下を進まねばならない。

食事の前後を除けば廊下は閑散としているものの、小納戸衆か小姓衆《こしょうしゅう》に呼びとめられる恐れがあった。

ただ、廊下と平行して武者隠《むしや》しがある。

亥ノ刻（午後十時）、蔵人介は動きだした。

継裃を脱いで着流しの尻を端折《はしよ》り、ついでに手拭いで頰被《ほつかむ》りをする。こそ泥のような風体で抜き足差し足、暗い廊下を渡り、武者隠しに身を隠しながら、なんとか御小座敷までたどりついた。

あとは御渡廊下を進むだけという段になり、手燭《てしよく》を翳《かざ》した巡回が立ちふさがった。ここでみつかれば元の木阿弥《もくあみ》、咄嗟《とつさ》に忍んだところは、近習しかはいることのできない御小座敷下段之間だ。

うっと、蔵人介は声をあげそうになった。

暗がりのなかに、小姓がひとり端座《たんざ》していたのだ。

目を開けて畳をみつめている。が、黒目は微動だにもしない。

生きているのか、魚のように瞬きすら忘れてしまったのか。

器用にも目を開けたまま、うたた寝をしているようだ。

すごい芸当だなと感心しながら、ふたたび廊下へ逃れた。

巡回の灯りは去っていた。廊下の奥は薄暗い。まっすぐ抜ければ上御錠口《かみのおじようぐち》、そのむこうは大奥である。一方、廊下を左手に曲がって奥へ進めば、双飛亭《そうひ》という茶室があるはずだ。

蔵人介は、先代の信頼から秘かに譲りうけた中奥の絵図面を脳裏に描いた。絵図面の知識がなければ、ここまでたどりつけなかったにちがいない。

蔵人介にとっては、未知の領域だった。

極度の緊張のせいか、胸が息苦しくなる。

汗ばんだ手で襖を開け、楓之間へ忍びこむ。

殺風景な八帖間だった。人の気配はない。

妙なことに、一本の蠟燭《ろうそく》が灯っている。

奥に床の間があり、達磨《だるま》の水墨画が壁に掛かっていた。

門外不出の絵図面にも、楓之間に秘密の小部屋が隠されているところまでは表記されていない。

蔵人介は部屋をみまわし、途方に暮れた。

「矢背蔵人介」

唐突に名を呼ばれ、ぎくりとする。

声は床の間の裏側から響いてきた。

蠟燭を翳した途端、風圧が襲いかかってくる。

芝居仕掛けのがんどう返しさながら、壁がひっくり返ったのだ。

「よくぞ参った」

丸眼鏡をかけた小柄な老臣がひとり座っていた。

「……こ、これは」

「わしの顔を見知っておったか」

見知っているも何も、近習を束ねる小姓組番頭《こしょうぐみ》、橘《たちばな》右近《うこん》であった。

職禄四千石は側衆《そばしゅう》、留守居、大番頭につぐ高禄、旗本役としては最高位にちかい人物と考えてよい。

「ここは御用之間じゃが、遠慮はいらぬ。はいるがよい」

蔵人介は誘われるがまま、隠し座敷へ身を入れた。

刹那、背後の壁が自然にひっくり返った。

部屋には行燈が灯っている。

低い位置に小窓が穿《うが》たれ、小窓越しに坪庭《つぼにわ》がみえた。

部屋は四帖半で、一帖は黒塗りの御用箪笥《だんす》で占められている。

いずれにしろ、対座するには狭すぎた。

橘が厳めしげに口をひらく。

「箪笥のなかには上様御直筆の御書面、目安箱《めやすばこ》の訴状などが収められておる」

歴代の公方はこの部屋に籠もり、きわめて重要な判物の花押《かおう》や捺印《なついん》をおこなう習慣があった。

「家斉公は御在位四十四年のあいだ、ただの一度もお見えになられたことがない。ふふ、ゆえに蜘蛛《くも》の巣が張っておるのよ」

暗愚《あんぐ》な将軍のことを、婉曲《えんきょく》に非難しているようにも聞こえた。

たしかに、黴《かび》臭い部屋だ。

「掃除の者もみだりにはいれられぬゆえ、折をみてはわしが雑巾《ぞうきん》掛けをしておる。ま、ここはわしの隠れ家のようなものじゃ」

呵々《かか》と大笑する老臣に、はからずも、親しみの感情が湧きはじめていた。

橘右近は「目安箱の管理人」とも呼ばれている。魑魅魍魎《ちみもうりょう》の暗躍する千代田城内にあってはめずらしく、清廉《せいれん》の士として知られていた。派閥の色に染まらず、御用商人や下位の者から賄賂《まいない》を受けとったためしがない。寛政《かんせい》の遺老《いろう》と称された松《まつ》平信明《だいらのぶあきら》の時代から現職に留まっている反骨漢《はんこつかん》なのだ。

家斉もさすがに底無しの阿呆ではない。側用人《そばようにん》上がりの水野忠成《ただあきら》を老中に抜擢《ばってき》し、賄賂の横行する田沼《たぬま》時代への逆行を招じさせはしたものの、一方では歯止めを利かせるべき人物を重職に配し、硬軟の釣りあいをとった。

橘はいわば、中奥に据えられた重石《おもし》のようなものだ。

「矢背蔵人介、そちが命懸けで参じてくれたことに、まず礼を言おう」

橘は白髪頭を素直に垂れ、にっと皓《しろ》い前歯を剝いた。

「入れ歯じゃ、まあ座れ」

「はあ」

「わしはそちの亡くなった養父を知っておる。骨太の鬼役じゃった。あれだけの武辺者はざらにはおるまい。無論、おぬしら親子に課された裏の役目も知っておるぞ。差配は若年寄の長久保加賀守じゃったのう」

蔵人介は眉ひとつ動かさず、つぎのことばを待った。

「隼小僧と名乗る群盗を始末した一件も、大奥の老女と御典医《ごてんい》を誅殺《ちゅうさつ》した一件も、わしは知っておる。加賀守が何者かに斬殺されたと聞き、わしは急いで手の者に調べさせた。すると、おぬしが手を下したものとわかった」

それと同時に、加賀守の悪事も露顕《ろけん》したのだという。

「ゆえに、そちのしでかしたことを不問に付した。そもそも、幕府開闢《かいびゃく》よりこの方、将軍家における裏のお役目はすべて、この橘家に差配が任されておるのじゃ。加賀守はそのことを知りながらも、幕閣《ばっかく》で重きをなすべく、わしに取って代わろうとした。それゆえ、天の意志を悟った子飼いのおぬしに成敗されたのじゃ」

加賀守のことなど、おもいだしたくもない。

「橘さま、ご用件をお聞かせ願えませぬか」

「焦るでない。前置きがちと長うなったが、用件はただひとつじゃ」

老臣は眼鏡の底で眸子《まなこ》を光らせた。

「ふたたび、そちに裏の役目を負ってもらいたい。諾《だく》となれば、わしにとっておぬしは伝家《でんか》の宝刀《ほうとう》、頻繁には抜かぬつもりよ」

「お断り申しあげたら、いかがなされます」

「ぬほっ、それはできぬ相談ぞ。ここまで肚を割ってはなしたのじゃ。駆けひきなどいたすな。そのほうはすでに、この一件に深く関わっておる」

「この一件とは」

「きまっておろう、三千両の鯖代よ」

「三千両」

「さよう、尾張殿は満天下に恥を晒した。大八木監物の死で穏便に済ませるはこびであったが、御家の恥を吹聴《ふいちょう》する者がおってのう」

近々、江戸家老の嫡男《ちゃくなん》以下、多数の者が追い腹を切らねばならぬ雲行きとなったらしい。

「哀れなのは大八木よ。腹を切っても報われなんだ。いまや、尾張殿の不始末は将軍家の御威光にも関わる一大事となりつつある」

「なんと」

「驚いたか。ふふ、裏のからくりを知りたくば、教えてやってもよい。ただし、聞いた以上、後には退けぬぞ」

蔵人介は返答に窮《きゅう》した。からくりを知りたいのは山々だが、裏の役目を引き受けるわけにはいかぬ。受けてしまえば半年前に逆戻り、人斬りの道具に使われるだけのはなしだ。

せっかく逃げだした修羅道《しゅらどう》へ、ふたたび、舞いもどってしまうことになる。

躊躇っていると、橘は勝手に喋りだした。

「元凶は尾州屋山五郎じゃ。そもそも、あやつは七里《しちり》の者《もの》じゃった」

七里の者とは、尾張藩お抱えの七里飛脚《びきゃく》のことだ。健脚で屈強な者でなければ務まらない。東海道の七里ごとに役所が配置され、御状箱《ごじょうばこ》を継ぎながら運ぶ。噂では江戸と名古屋《なごや》とのあいだを二日で走りきるというから、並みの速さではない。

七里役所には尾州三つ葵紋の高張《たかはり》提灯が掲げられ、参勤《さんきん》交代の大名も用人をわざわざ挨拶に寄こす。藩士のうちにもはいらない中間《ちゅうげん》身分、俸給《ほうきゅう》も五石《こく》二人扶持にすぎぬが、七里の者には威風があり、選ばれた者の矜持《きょうじ》ゆえか、みな、龍虎《りゅうこ》の縫いこみがある伊達《だて》半纏《はんてん》なぞを着用し、傍若無人《ぼうじゃくぶじん》な振るまいをみせる者も多いという。

山五郎は七里の者のなかで頭角をあらわし、藩の物資移送を手掛ける商売を手広くやるようになった。とはいえ、並大抵のことでは御三家筆頭の御用達に成りあがることはできない。

「悪事に手を染め、藩の重臣らを動かす軍資金を貯めこんだ。抜け荷じゃ。尾州屋は十有余年ものあいだ、唐渡りの御禁制品を売りさばいてきた。そのおかげで、今の身分に成りあがった。大目付も探索に動いたものの、遣《や》り口《くち》が巧妙でなかなか尻尾を出さぬ。なにしろ、藩の上から下まで多数の役人どもが毒水を啜らされておるのよ」

探索は遅々《ちち》として進まない。そうしたなか、清廉潔白な江戸家老の大八木監物が不審を抱いた。配下に調べさせたところ、抜け荷の疑いが濃厚となり、さすがの尾州屋山五郎も窮地に陥った。

「そこで、あやつは姑息な手を打った」

「鯖代でござりますか」

「ふむ。旗本奴を気取る莫迦者どもを手懐《てなず》け、黄白の鯖を盗ませたのじゃ」

鯖代の移送役は七里の者を中心に構成されていた。この連中にも息が掛かっており、強奪はいとも簡単に成しとげられた。

「無論、尾州屋の狙いは黄白にあらず。すべては大八木監物と一族郎党《ろうとう》を抹殺するための狂言じゃった」

そこまでわかっているのならば、手の打ちようもありそうなものだが、確たる証拠が揃わないうえに、幕閣内にも探索を阻む動きがあるという。

「尾州屋から法外な賄賂を受けとった人物がおる」

誰あろう、本丸留守居の稲垣主水丞にほかならなかった。からくりのすべてを承知したうえで、事をうやむやにしようと謀《はか》っているのだ。

「三男坊が盗人一味の首領格じゃからの。稲垣も隠蔽に必死よ」

尾州屋が金吾に近づいたのは、父親の権威を借りる狙いがあってのことだった。

天保鶺鴒組の哀れな若者たちは、鯖代を盗んだ下手人として最初から抹殺される運命にあったのだ。

「評定の場で争うても埒があかぬ。かような件で本丸留守居が裁かれてしまえば、将軍家のご威光にも傷がつくしのう。されば、残された手はひとつ」

――抹殺じゃ。

橘右近は穏和な顔を引きしめ、奥まった眼光を炯々《けいけい》とさせた。

蔵人介は曖昧な態度をとりつづけたが、橘は構わずにつづける。

「ひとり、気をつけねばならぬ男がおる」

「我善坊徹心斎とか申す入道ですな」

「さよう、あれは柳生のはぐれ者、尾州屋にとっては頼りになる男じゃ。これまでも、数々の尾張藩士が不審死を遂げてきた。我善坊はそのすべてに関わっておるのじゃろう。新陰流でも屈指《くっし》の遣い手とか。はたして、おぬしに斬れるかの」

試練を課そうとしているのだと、蔵人介は察した。

「それからもうひとつ、望月宗次郎のことじゃが」

「ん」

宗次郎の名を聞き、蔵人介の顔が曇った。

「怖い顔をいたすな。あの者の出自は知っておる」

「もしや、嬰児の宗次郎を捨てたのは、橘さまなのですか」

「いいや、ちがう」

「なれば、誰が」

「おぬしが知っても詮無いことじゃ。それに、嬰児は捨てられたのではない。望月左門に預けられたのじゃ」

「なにゆえ、望月さまに」

「ああみえて、口の堅い男じゃったからのう」

「宗次郎をどうするおつもりです」

「そこが思案のしどころよ。当面はおぬしに預かってもらうしかあるまい」

「なにやら、身勝手な言い分ですな」

「預かるのが嫌なら、わしのほうで手配いたすが」

「いいえ、結構です」

「それなら、文句を言うでない」

橘はすっと背筋を伸ばし、毅然と言いはなった。

「されば、首尾《しゅび》よく事をすすめよ」

「お待ちくだされ。拙者はお役目をお引きうけしたわけではござらぬ」

「いきりたつな。好機到来となったあかつきには、こちらから使者を遣わす。と言うても、一両日中のことじゃろうて」

「使者とは、公人朝夕人にござりますか」

「さよう。土田家は間《かん》をもって仕えよと、秘かに命じられておる」

「いったい、どなたに」

「大権現《だいごんげん》さまじゃ。畏れ多くも、この橘家は策《さく》をもって仕えよと命じられた。そして、もう一家、剣をもって仕えよと命じられたお家があったが、元禄《げんろく》の御代に改易《かいえき》となってな。赤穂《あこう》と関わった吉良《きら》家じゃ。時の御老中であった秋元但馬守《あきもとたじまのかみ》さまは、急遽《きゅうきょ》、吉良家に代わる家をみつけねばならなくなった。白羽《しらは》の矢を立てられたのが、矢背家じゃ。元禄の御代以来、三家は密接な結びつきを保ってきた。されど、長久保加賀守のごとき輩が出てまいれば、分断を余儀《よぎ》なくされることもある。ともあれ、公人朝夕人もおぬしとおなじ穴の狢《むじな》、仲ようしてやってくれ。くふふ」

宗次郎を救った河童の正体は、公人朝夕人の土田伝右衛門であったにちがいない。

不気味に笑う橘右近の顔が、手にかけた長久保加賀守の顔とかさなった。

七

太陽はぎらつき、立っているだけでも汗ばんでくる。

真夏の暑さが舞いもどったかのようだ。

盆入りの文月十二日から十三日にかけて、江戸の寺社境内には草市《くさいち》が立つ。深川《ふかがわ》八幡、小石川伝通院《こいしかわでんずういん》前、本所一ツ目、根津《ねづ》、両国ならびに上野の広小路、浅草寺《せんそうじ》雷門前、そして吉原の大門内にも市が立った。

太鼓に団扇《うちわ》、奇特《きどく》頭巾に作髭《つくりひげ》、金銀箔《きんぎんぱく》の紋所《もんどころ》に切り子灯籠、酸漿《ほおずき》提灯《ちょうちん》、苧殻《おがら》に大小の土器、盆市《ぼんいち》と呼ばれるように、商う品々はほとんど盂蘭盆会《うらぼんえ》の必需品だった。近在の農家が手作りの商品を持ちより、安価で庶民に売るのだ。

「炎天に昏《くら》き影ひとつ、そは刺客なり、か」

蔵人介は終日、佐賀町の油堀や尾張藩抱屋敷のある汐留《しおどめ》周辺などを彷徨《うろつ》きまわった。みずから出向いて悪事の手懸かりを摑もうと考えたが、すぐに無駄な努力だと知った。

餅は餅屋、探索は串部や公人朝夕人に任せておけばよい。

自分はただ指定されたさきへおもむき、悪党どもを叩っ斬ればそれでよい。

まことに、それでよいのだろうか。

志乃にでも相談してみたい衝動に駆られたが、やるとなれば、役目のことは秘匿《ひとく》しなければならない。幸恵にも市之進にも知られてはなるまい。

唯一、串部にだけは告げてあった。串部は襟を正して助力を惜しまぬと言ってくれたものの、巻きこんでしまったことには一抹の後悔がある。

「これきり、一度だけだ。宗次郎の身を守るために」

そう、心に決めてはいる。

だが、いざ、橘右近から命が下れば、動かざるを得まい。

泥沼に落ちたら最後、死ぬまで這いあがることはできぬ。

それが刺客稼業というものだ。

蔵人介は養父の信頼から鬼役のいろはを教えられ、刺客として修羅場を歩む者の心構えを叩きこまれた。

――毒を啖うて死なば本望。

すべては、そのひとことに帰する。

毒に冒された者でなければ、人斬り稼業はつとまらない。

いましも命が尽きんとするかのように、茅蜩《ひぐらし》が鳴いている。

やがて、太陽は西にかたむき、血の色に染まった層雲の果てに鴉《からす》の群れが飛びさったころ、蔵人介はようやく家路をたどりはじめた。


十三日夕刻、家々の門口には祖霊を招く迎え火が焚かれる。

「お城からのご使者にござります」

幸恵が不安げな顔でそう告げた。

蔵人介は黙然《もくねん》と継裃を着け、大小を腰に差して表口へむかった。

待っていたのは、公人朝夕人の土田伝右衛門である。

「火急《かきゅう》のご用件にて、ご出仕お願いたてまつりまする」

仰々《ぎょうぎょう》しく口上を述べ、公人朝夕人は蔵人介を先導した。

この男ほど印象に残らぬ顔はない。ちゃんと眺めているはずなのに、後でおもいだそうとしても浮かんでこないのだ。平凡な顔と言ってしまえばそれまでだが、その都度《つど》、忘却《ぼうきゃく》の呪文でもかけているのではないかと疑ってしまうほどだった。

やはり、河童のごときものなのかもしれぬ。

無論、公人朝夕人の訪れた主旨はわかっていた。

「今宵、抜け荷の取引がござります」

抑揚《よくよう》のない声で河童が喋りだす。

「場所は深川の古石場《ふるいしば》。尾張さまの御蔵屋敷がござります」

「自藩の蔵屋敷を使うとは、大胆にもほどがあるな」

「かえって目につかぬのでしょう。尾州屋は抜け目のない男です」

四つ辻を曲がると、蟹のような体軀の男が待ちかまえていた。

「串部、待っておったのか」

「は、お供いたします」

串部と公人朝夕人の眼差しがかちあった。

すぐさま、三人は何事もなかったように歩みだす。

深川までは遠い。

芝口《しばぐち》のあたりから、船に乗ることになろう。

「殿、奥さまはご不審におもわれませなんだか」

串部が余計なことを訊いてくる。

いかに幸恵が不審がろうとも、役目のことは口にできない。

後ろめたい気持ちになりながらも、蔵人介は気丈さを装った。

「串部よ、自分の身を案じろ。我善坊徹心斎は強敵、真正面から打ちかかって勝てる相手ではないぞ」

蔵人介にしたところで、これといった策はない。

串部が笑いながら発した。

「どうせなら、公人朝夕人どのにお任せいたしますか」

すかさず、無表情な男が切りかえす。

「拙者は水先案内人。首尾を見届けるだけの役目にござる」

「刺客ではないと申すのか」

「いかにも」

「徹心斎と干戈《かんか》を交えたのであろう。でなければ、宗次郎どのはとどめを刺されておったはず」

「入道をちと驚かせたまでのこと。刃を交えたわけではござらぬ」

「そうは言うても、徹心斎の技は見切ったはずじゃ」

串部は執拗《しつよう》に食いさがる。

公人朝夕人は口調を変えない。

「鬼役どのが仰るとおり、真正面から打ちかかれば、あたら命を落とすのみにござりましょう」

「どういたせばよい」

「さて、そこまでは拙者の与《あずか》りしらぬこと」

「冷たいのう」

串部の顔から笑みが消えた。

八

尾張藩の蔵屋敷は黒船《くろふね》稲荷の西にあった。

大川の河口へ注ぐ掘割に面し、背後には葦原《あしはら》が海辺までつづいている。

古石場は江戸の闇をかためたような寂しいところで、安女郎《やすじょろう》の巣窟《そうくつ》でもあった。

濃厚な潮の香りと淫靡《いんび》な空気がただよい、露地裏で暴漢に襲われても気づく者とてなさそうだ。

串部はこの界隈《かいわい》に詳しい。

「しょぼい岡場所《おかばしょ》ですよ」

安女郎たちは例外なく瘡《かさ》(梅毒)に罹《かか》っており、誘われた酔客は鼻が落ちるのを覚悟しなければならない。

「深川の吹きだまりのようなところでござる。ほら、お気をつけくだされ」

唐突に私娼《ししょう》の手が伸び、蔵人介の袖を引いた。

「ねえ、遊んでおいきな」

菰《こも》を抱えた夜鷹《よたか》とも風情がちがう。家鴨《あひる》と呼ばれる漁師の女たちだ。

「お侍さん、四百文《もん》でいいよ。お願いだからさあ」

袖を振ると、猫撫で声はすぐに舌打ちに変わった。

堀端には、他藩の蔵屋敷も軒を並べていた。蔵屋敷とは領内で収穫された穀類や俵物《たわらもの》などを備蓄しておくところで、実際は使われずに商人へ貸与されていることが多い。屋敷と屋敷とのあいだには細い水路が縦横に走り、御禁制の品々を荷揚げするにはおあつらえむきの場所だった。

「なるほど、ここなら油堀の船倉へも近い」

尾州屋は蔵屋敷へいったん荷を運びいれ、ほとぼりがさめるのを待って少しずつ油堀へ運びこむのだという。荷の中身は高麗《こうらい》人参などの高価な薬種《やくしゅ》や、珊瑚《さんご》、瑪瑙《めのう》、瑠璃《るり》、真珠などの装飾品、南蛮《なんばん》渡りの二連発短筒などもふくまれていた。

水路の暗がりに大勢の人影が蠢きはじめたのは、戌《いぬ》ノ下刻（午後九時）を過ぎたころのことだ。狙う獲物は三人、尾州屋山五郎と鬼面の勘十、そして、我善坊徹心斎である。

荷役を操る勘十らしき男のすがたはみえるが、肝心の尾州屋と我善坊のすがたはない。

「来るのか」

蔵人介に質《ただ》され、公人朝夕人は黙ってうなずいた。

焦《じ》れるようなときが過ぎ、荷揚げも終盤に差しかかる。

すると、蔵屋敷のなかから、龕灯《がんどう》を手にした尾州屋山五郎があらわれた。

七里の者の出身だけあって、年のわりには引きしまったからだつきをしている。

逃げ足だけは速そうだなと、蔵人介はおもった。

「急げ、何をもたついておる」

尾州屋が堀端まで歩をすすめ、勘十を鋭く叱責した。

水路には、幅の狭い荷船が数珠《じゅず》繋ぎで待っている。

おそらく、大型の帆船《はんせん》は洲崎《すざき》沖に碇泊しているのだろう。

荷は艀《はしけ》を経由して、小まわりの利く荷船で運ばれてくる。

荷船同士の衝突を避けるため、堀端には艫綱《ともづな》を引っかける竹竿が点々と並んでいた。荷船は空になれば別の水路をまわって海上へむかい、また荷を運んで戻ってくる。移送の手口は、じつに秩序だっていた。抜け荷の規模は、予想以上に大きい。

さらに小半刻ほど、作業が終了するのを待った。

もはや、子《ね》ノ刻（午前零時）は近い。

空には、星屑がちりばめられていた。

我善坊徹心斎の行方が気に掛かる。

「では、拙者はこれにて」

公人朝夕人が唐突に発し、背をむけた。

「待て、おい」

「なにか」

「いや、なんでもない」

蔵人介が溜息を吐くと、公人朝夕人は微かに笑った。

心の底まで見透《みす》かされているようで、あまりよい気分ではない。

「殿、あれを」

串部に囁かれ、暗がりに目を凝らす。

縦も横もある入道が、墨染めの雲水《うんすい》装束で堀端に佇《たたず》んでいた。

「出おったな」

堀には竹竿が一定の間隔で並んでいる。

ふと、蔵人介に妙案が浮かんだ。

「殿、拙者がさきに仕掛けます」

「いや、わしがやる。おぬしは尾州屋を頼む」

「承知いたしました」

串部はさきに立ち、暗闇に呑みこまれた。

蔵人介は物陰から身を剝がし、堀端沿いに近づく。

大きな獲物が太い首を捻《ひね》り、わずかに身を強張《こわば》らせた。

気づいたらしい。

間合いは、まだ二十間余りある。

ほかに人気はなく、たがいに深い闇を背にしている。

「何者じゃ」

入道はぴくりとも動かず、重々しく誰何《すいか》した。

いつのまにか、刀を黒鞘ごと握っている。

「大目付の刺客か」

徹心斎は、両手をだらりとさげた。

蔵人介は、無言で間合いを詰めてゆく。

「おぬし、わしが我善坊徹心斎と知って挑むのか。ふん、よほど腕におぼえがあるとみえる。それとも、ただの向こうみずか。いずれにしろ、おぬしの命は風前の灯火《ともしび》」

「見掛けによらず、よう喋る男だ」

「なに」

「怒れば気息《きそく》が漏れ、太刀筋も鈍るぞ」

「ぬはは、おもしろい」

徹心斎は抜刀し、からりと鞘を捨てた。

本身は反りが浅く、刃長で二尺そこそこしかない。

巨漢の入道が手にすると、小太刀のようにみえた。

柄は峰が平らで頭《ごしら》と縁が大きく、真ん中がやや絞ってある。

よく知られた柳生拵え、必殺の片手打ちに威力を発揮する形だ。

一方、蔵人介の愛刀は来国次、こちらは反りの深い剛刀である。

「長柄刀か、妙な拵えじゃな」

徹心斎は太刀を下段にさげた。

新陰流無形《むぎょう》の位《くらい》、すでに勝負ははじまっている。

だが、徹心斎は無闇《むやみ》に仕掛けてこない。

新陰流の伝書に「恰《あたか》も風をみて帆をつかい、兎《うさぎ》をみて鷹をはなつがごとし」とあるとおり、まずはじっくりこちらの動きを見極めようとするはずだ。そして巧みに誘い、一歩遅れて斬りかかり、一片の迷いもなく、みずからの人中路《じんちゅうろ》を斬りおろす。

死中《しちゅう》に活《かつ》を求め、相手の太刀に乗って勝つ合撃《がっし》、それこそが新陰流の極意《ごくい》にほかならない。

間合いが五間となり、蔵人介はぴたっと足をとめた。

刀は抜かず、低く身構える。

徹心斎が太い眉を寄せた。

「居合か」

蔵人介は耳を澄ました。

そろそろ、串部が動いてもよいころだ。

「ぎゃっ」

突如、蔵屋敷の内から短い悲鳴が聞こえてきた。

尾州屋か勘十か、どちらかが臑を刈られたのだ。

わずかな間隙《かんげき》を衝き、蔵人介は土を蹴った。

「きえっ」

鋭く気合を発し、堀端を駆けながら抜刀する。

なぜか、抜き際の一撃で竹竿を斜《はす》に斬った。

「や」

斬った勢いのまま、国次を投擲《とうてき》する。

刃は至近から糸を引くように、入道の顔面を襲った。

「なんの」

徹心斎は軽々と国次を弾いた。

金音《かなおと》とともに、火花が散る。

くんと、竹竿の先端が伸びた。

蔵人介は国次を投擲すると同時に、竹竿を摑んでいたのだ。

「ぬぐっ」

鋭利な先端は獲物の咽喉《のど》を破り、首の後ろに突きぬけている。

まさに、串刺しの恰好で全身を震わせ、徹心斎はこときれた。

呆気ない幕切れ、慢心が死を招いたのである。

「……ひっ、ひぇええ。助けてくれ……て、徹心斎どの」

尾州屋が何も知らず、蔵屋敷から飛びだしてきた。

勘十を葬った串部に、尻を突かれたのだ。

足が縺《もつ》れている。往時のような走りは披露できそうにない。

とはいえ、露地の暗がりに逃げこまれたら厄介だ。

「おうい、こっちだ、こっち」

蔵人介は、徹心斎の屍骸を背後から抱きおこし、重い右腕をもちあげて差しまねくふりをした。

薄暗がりのなか、尾州屋は気づかずに駆けてくる。

間合いが詰まったところで、蔵人介はゆらりと立ちあがった。

「うおっ」

蔵人介と徹心斎の屍骸を交互にみやり、尾州屋は小便を漏らしかねない顔になる。

「……だ、誰でえ」

「地獄で訊いてくれ」

「ひっ」

尾州屋は悲鳴をあげ、踵《きびす》を返しかける。

そこへ、血の滴る刀を握った串部があらわれた。

「げっ」

前門の虎に後門の狼、悪党に逃げ場はない。

「……ま、待ってくれ……こ、今夜のあがりをぜんぶやる……い、命だけは助けてくれ」

「ほほう。ちなみに、いくらになるのか訊いておこうか」

「ざっと見積もって、三千両にはなる」

「鯖代といっしょか」

「勘弁してくれ。な、あんたらも金が欲しいんだろう」

蔵人介が考えこむふりをすると、尾州屋はちらっと狡猾《こうかつ》な面をみせた。

「なんなら、右腕になってくれ。一生遊んで暮らせるほどの金はやる。な、わるいはなしではあるまい」

「二百俵取りの鬼役にとってみれば、夢のようなはなしだな」

「鬼役、あんた、公方さまの毒味役か」

「ああ、そうだ」

「毒味役がなんで」

「わしのほうが訊きたいわ。ただな、ひとつだけわかったことがある」

「……な、なんだ。教えてくれ」

「世の中には死んだほうがよい輩もいるということさ。たとえば、おぬしのようにな」

蔵人介は徹心斎の咽喉から、ずぼっと竹竿を引きぬいた。

これを頭上で旋回させるや、獲物の顔へ無造作に投げつけた。

「ぎえっ」

折れ竹は鋭利な槍と化し、尾州屋の右目に突きたった。

先端はなんと、耳の後ろから飛びだしている。

尾州屋は仰けぞり、棒のように倒れていった。

串部が屍骸をまたぎ、ゆっくり歩いてくる。

「殿、やりましたな」

「ふむ」

肩を撫でおろすふたりの背後に、公人朝夕人の影法師《かげぼうし》があらわれた。

「ご両人、まだ終わったわけではござらぬ」

平板な口調で告げると、影法師はふたたび水先案内に立った。

「河童め、わかっておるわ」

蔵人介は怒ったように発し、囮《おとり》に使った国次を拾いあげた。

九

日付が変わった。

背には日吉山王《ひよしさんのう》権現の鬱蒼《うっそう》とした杜《もり》がある。

公人朝夕人に導かれたところは、赤坂《あかさか》御門内の武家屋敷だった。

厳めしい棟門《むねもん》の内に住む主人《あるじ》は、稲垣主水丞にほかならない。

役料五千石、家禄をあわせれば九千石。本丸留守居の拝領屋敷は、大名屋敷とも見紛《みまご》うほどの豪壮さだ。

三つの影は縄梯子《なわばしご》をつかって築地塀《ついじべい》を乗りこえ、広大な屋敷の片隅へ降りたった。

石灯籠の灯りが微かに揺れている。

蒼々《そうそう》と映しだされた御殿は、不気味なほど静まりかえっていた。

おもったよりも警戒は甘く、用人のすがたは見当たらない。
裏へまわると、庭に面する母屋《おもや》の周辺は閑散としていた。
用心のためにと布で顔を隠したが、蒸し暑いだけだ。
たがいに目顔で合図を交わす。
公人朝夕人の指図は的確で、狙うべき獲物の所在はすぐにわかった。
獲物はふたり、身分を悪用して強権を振るう奸臣《かんしん》の父子だ。
蒸し暑さのせいか、雨戸は開けはなたれたままだった。
三人は廊下へあがり、まずは離室《はなれ》へむかった。
そこに、金吾が軟禁されているらしい。
部屋へ忍びこんだ途端、饐《す》えた臭いに鼻をつかれた。
高い小窓から、星影がわずかに射しこんでいる。
金吾は薄暗い部屋の隅に蹲《うずくま》り、死んだように眠っていた。
月代の伸びたざんばら髪、垢じみた着物は臭気を発している。
これが、ごんたくれの金吾なのか。
鐺《こじり》を鶺鴒《せきれい》の尾のようにさげ、旗本奴を気取っていたころの面影は微塵《みじん》もなかった。

「哀れな」
串部が布を引きさげ、ぼそっとつぶやいた。
何が哀れなものか。
数々の悪行をかさね、我が身を守るために朋輩をも裏切った。
そうしたことのつけが、まわってきただけのはなしではないか。
と、みずからに言いきかせても、一抹の憐憫《れんびん》は残る。
蔵人介は金吾に背をむけた。
「殿、拙者に殺《や》れと仰るのですか」
串部は溜息を吐き、金吾のそばに近づいた。
そして、ためらいつつも、同田貫《どうたぬき》を抜いた。
抜いてしまえば、迷いは消える。
串部は鋭利な先端で、しおれた男の腕を軽く斬った。
金吾は痛みのせいで覚醒し、首を亀のように捻った。
「ふん」
白刃《はくじん》一閃、同田貫が首を斬りおとす。
血飛沫が散り、ざっと壁を濡らした。

苦しまずに死ねただけでも、神仏に感謝せねばなるまい。

畳に転がった金吾の首は、驚いたように眸子を瞠っている。

「こやつの父親だけは、どうあっても赦《ゆる》せぬ」

串部も吐きすてるとおり、蔵人介は抑え難い怒りに震えた。

政道《せいどう》を司《つかさど》る者が我欲《がよく》に溺れ、私腹を肥やすことにかまけ、悪事が露顕しそうになれば人を殺してでも隠蔽に走る。

――赦せぬ。

そうした重臣たちの体質こそ、一刀両断にしなければならない。

「鬼役どの、仕上げを」

公人朝夕人は囁き、音もなく障子を開けた。

獲物は鼾《いびき》を掻いている。

蔵人介は布を剝ぎとった。

寝具のかたわらに近づき、木枕を蹴りとばす。

稲垣主水丞の頭が、ことんと落ちた。

落ちてもまだ、鼾を掻いている。

「暢気《のんき》なやつだな」

蔵人介は苦笑しながら、すっと国次を抜いた。

刹那《せつな》、冷水でも浴びたかのように、主水丞が目を醒ます。

「うっ」

声も出せない。

鼻先には妖しく光る刃があった。

刃のむこうには、見知った男の顔がある。

「鬼役か……な、なにゆえじゃ」

「問答無用」

蔵人介は低く発し、国次を逆《さか》しまに突きたてた。

「うぐっ」

鋭利な先端は左胸に刺しこまれ、畳まで貫いた。

勢いよく刃を引きぬくや、鮮血が噴きだす。

もはや、顧みる必要もあるまい。

三つの影は音もなく去り、築地塀を乗りこえた。

蔵人介は継裃に着替え、辻駕籠を拾った。

駕籠脇を駆ける串部の足取りは、いつになく重い。

薄明、勾配のきつい浄瑠璃坂は乳色の靄に包まれていた。

御納戸町にある大小の武家屋敷には火が焚かれ、靄のなかに炎が点々と揺れる光景は幻のようですらある。

江戸じゅうに精霊が盈《み》ちていた。

善悪の別なく、逝った者はみな、ほとけになる。

この手で葬った死人の霊を、懇《ねんご》ろに弔ってやらねばなるまい。

蔵人介は、そんなふうに考えた。

辻駕籠を降りると、門口に火が焚かれている。

寝ずに待っていた幸恵が、玄関先で迎えてくれた。

「お役目、ご苦労さまにござりました」

「ふむ。養母上と鐵太郎は」

ぐっすり眠っているらしい。

蔵人介は音を起《た》てまいと気遣いながら、廊下を奥へ進んだ。

「お召しかえを」

「ふむ」

幸恵は着替えを手伝いながら、何事かを言いだしかねている。

「宗次郎はいかがした」

どうやら、そのことのようだった。

「じつは、金瘡《きず》が癒《い》えたと申され」

昨夜遅く、吉原へむかったという。

簡単に癒えるような金瘡ではない。

蔵人介は眉を顰めた。

朋輩を失った心の傷を癒すべく、好きな女のもとへむかったのだ。

「羨ましゅうございますか」

幸恵が凄艶《せいえん》な笑みをかたむける。

「別に」

平然と応じつつも、宗次郎の若さが羨ましかった。

「幸恵、ちと肌寒いな」

「お風邪でも召されたのでは」

幸恵は掌《てのひら》を翳し、額にそっと触れた。

「あら、お熱があるようです。おからだを温めないと」

「さようか」

蔵人介は唐突に、幸恵のからだを抱きよせた。

幸恵は抗《あらが》いもせず、顔を胸に埋《うず》めてくる。

「ぬくいのう」

蔵人介は心の底から、ありがたいとおもった。

幸恵の温かみが、毒をきれいに消してくれる。

やがて、靄は晴れ、空が明るくなりはじめた。

三念坂閻魔斬り《さんねんざかえんまぎり》

一

　文月十六日の藪入りは閻魔の斎日《さいにち》、盂蘭盆会《うらぼんえ》の送り火も消えたというのに、残暑はまだつづいている。

　風はそよとも吹かず、月は煌々と輝いていた。

「鬱陶《うっとう》しい晩だぜ」

　じっとしていても、毛穴から汗が噴きだしてくる。

　大工見習いの亀吉《かめきち》は千鳥足で道端の笹藪へむかい、ごそごそと裾をまさぐった。

「ふへへ、いちもつが縮んでいやがらあ」

　音羽《おとわ》の腕ずく長屋で安女郎を買い、縄暖簾《なわのれん》で安酒を一升ほど喰《くら》った。

棟梁《とうりょう》に叱られた腹いせに、相棒の熊佐《くまざ》と連れだって有り金をぜんぶ叩《はた》いたのだ。

「おい、熊公。もう一軒行くぞ」

亀吉は赭《あか》ら顔で怒鳴りあげ、藪にむかって威勢よく小便を弾いた。

牛込《うしごめ》は筑土《つくど》八幡宮の門前から南へ、勾配のきつい登り坂がつづく。

言い伝えによれば、坂で転ぶと三年以内に命を落とすとか。あるいは、三度念じて登れば叶《かな》わぬ恋も実るとかで、それゆえか、三念坂と名がついた。

その三念坂下で小便を弾いていると、亀吉の背後に尋常ならざる気配が立った。

「熊公かい」

いちもつを握りながら、首を捻る。

「うっ」

ひょろ長い男が丸い月を背負い、幽鬼《ゆうき》のように佇んでいた。

「……で、出た」

亀吉は叫び、あたりかまわず小便を撒《ま》きちらす。

男は、しゅうしゅうと、不気味な音を起《た》てた。

まるで、とぐろを巻いた蛇が獲物を威嚇《いかく》しているかのようだ。

眦《まなじり》の垂れたぎょろ目、食いしばった分厚い口、おもわず仰けぞってしまうほど醜悪《しゅうあく》な面相である。
だが、よくみれば、それは狂言《きょうげん》面であった。
魁偉《かいい》にして滑稽味のある顔は、閻魔《えんま》の顔を象《かたど》った武悪《ぶあく》面にほかならない。
亀吉は咽喉《のど》を詰まらせ、その場に両膝をついた。
「おた、おたすけを」
必死に拝みつづけると、閻魔はこちらに背をむけた。
怒り肩が衣紋掛けのように張っている。
その肩越しに坂道を仰ぐと、ふたりの侍が下りてきた。
ひとりは角《すみ》頭巾をかぶった身分の高そうな人物、もうひとりは供人のようだった。
くふふっと、閻魔が笑ったような気がした。
亀吉は腰を抜かし、小便で濡れた藪のなかにひっくり返る。
閻魔は猫背になり、坂道をゆったり登りはじめた。
「ん、なにやつ」
角頭巾が目敏くみつけ、声を荒らげた。
供人は抜刀し、主人を庇《かば》うように躍りだす。
亀吉は藪から這いだし、濁った眸子を擦った。

閻魔は歩幅も変えずに坂を登り、二匹の獲物に近づいてゆく。

「狼藉者、なにやつじゃ」

角頭巾に誰何《すいか》され、閻魔は足を止めた。

素姓を明かすはずはねえと亀吉がおもった瞬間、面の内からくぐもった声が響いた。

「わしは公儀鬼役よ」

「鬼役……上様の毒味役か」

「さよう。河豚毒に毒草に毒茸、なんでもござれ。されど、それは表の顔、まことは閻魔王宮の使いにして、大王の輿を担ぐ力者なり」

「戯《ざ》れ言《ごと》を抜かすな。鬼役がなぜ、辻斬りの真似事をいたす」

「あいにく、辻斬りではない」

「黙れ、勘定《かんじょう》奉行有田主馬《ありたしゅめ》と知っての狼藉か」

「もとより、奸臣《かんしん》に引導《いんどう》を渡すのが拙者の役目」

「なに」

「米相場を不正に操る張本人、主馬よ。うぬのごとき腐れ奉行は死んだほうがよい」

「なにを無礼な。ここに控える高見沢源八《たかみざわげんぱち》は、野太刀自顕流《のだちじげん》を修めた猛者《もさ》なるぞ。残念だったな。誰に頼まれたかは知らぬが、返り討ちにしてくれるわ。それ、高見沢」

「は」

高見沢源八は両肘を伸ばし、剛刀を上段へ突きあげた。

一撃必殺、自顕流にある右蜻蛉《みぎとんぼ》の構えだ。

「きぇーい」

猿叫《えんきょう》ともども、刀を振りかざした刹那、高見沢の網膜に陣風のごとき影が映った。

「なに」

懐中深く踏みこまれ、双腕をすぱっと斬りおとされる。

「ぐひぇえええ」

輪切りの傷口から、ばっと血が噴いた。

高見沢は鮮血を撒きちらし、急坂を転げおちてゆく。

「ふわ、ふわあああ」

叫んでいるのは亀吉だった。

坂下で眸子を瞠《みは》り、全身を口にして叫びつづけている。

閻魔は面の内でせせら笑い、血の滴る本身《ほんみ》を月光に翳してみせた。

「ふふ、よう斬れる」

刃長は定寸《じようすん》よりやや長い二尺五寸強。特徴は長い柄にある。

斬れ味から推《お》せば、かなりの業物《わざもの》、反りの深い長柄刀であった。

「……ま、待て。わしの用人にならぬか。さすれば、贅沢《ぜいたく》はおもいのまま……」

往生際の悪い勘定奉行は、震える右腕を突きだした。

「……ご、後生《ごしよう》じゃ、待ってくれ」

「待てぬな」

閻魔が吐きすてる。

「念仏を唱えよ」

ぶんと、刃風が唸《うな》った。

「ぬぎゃっ」

一閃、有田主馬の生首が宙へ飛ぶ。

首無し胴は尻餅をつき、上方に血を噴きあげた。

地に落ちた死に首が、手鞠《てまり》のように三念坂を転がってくる。

「ふえっ」

亀吉は地べたに俯《うつぶ》し、がたがた震えながら頭を抱えこんだ。

やがて、夜の静寂《しじま》が舞いもどり、一斉に牛蛙《うしがえる》が鳴きだした。

「おい、亀」

呼びかけられ、恐る恐る顔をあげてみれば、今まで何処《どこ》に消えていたのか、相棒の熊佐が鼻先で笑っている。

「く……熊公か」

「へへ、亀よ、面白えもんを拾ったぜ」

微酔《ほろよ》いの熊佐は惨劇を知らない。

右手にぶらさげた拾い物を、気軽にひょいともちあげた。

「ほれ、閻魔の顔だよ」

「ひぇええええ」

牛蛙の合唱はぱたりと歇《や》み、亀吉の悲鳴だけが闇夜に尾を曳《ひ》いた。

二

蒼天《そうてん》に白い雲がぽっかり浮かんでいる。

汗ばむような陽気のなか、巳《み》ノ刻（午後十時）を報せる太鼓が響いた。

「お奉行さま、お役目ご苦労さまにござりまする」

「おう」

門番に声を掛けられ、矢背蔵人介は吼えた。

寡黙《かもく》で端整な顔つきが、時折、仁王になる。

門番に腹を立ててもしょうがない。すべては鬱陶しい暑さのせいだ。

蔵人介は牛込御門を抜け、神楽《かぐら》坂を登りはじめた。

いつもなら宿駕籠で四谷《よつや》御門を抜け、市ケ谷の浄瑠璃坂を登って御納戸町の家屋敷へむかうところだ。今日は面倒な式日《しきじつ》の毒味を無事に終えたことでもあり、久しぶりに孫兵衛《まごべえ》の顔がみたくなった。

実父の叶《かのう》孫兵衛は、ありもしない千代田城の天守を三十有余年も守りつづけた男だ。愛妻を早くに亡くし、御家人《ごけにん》長屋で暮らしながら蔵人介を育てた。そして、御家人の息子を旗本の養子にするという夢は叶えたものの、十一歳の蔵人介が養子に出されたさきは、誰もが敬遠する毒味役の家だった。

養子となって籍が変われば、父子の間柄は疎遠《そえん》になる。

孫兵衛のほうが遠慮し、蔵人介との接触を避けてきた。

が、今は身分のちがいを気にする必要もない。

忠義一筋に生きた反骨漢は誇り高き天守番の役目を辞し、侍身分まで捨て、この春、小料理屋の亭主におさまった。

乱心でもしたのかと、同僚たちは囁いたらしいが、隠居せざるを得ない理由もあった。得体の知れぬ連中の罠に嵌《は》まり、命すらも危うい情況に追いこまれたからだ。

だが、それよりも大きい理由があった。

孫兵衛は、おようという女将に惚れたのだ。

「ありがたいはなしだな」

父を好いてくれたおようには、心の底から感謝している。

誰に気づかれるともなく天守台で朽ちはてるよりも、相惚《あいぼ》れの相手と晩節《ばんせつ》を送ったほうが孫兵衛にとってどれだけよいかわからない。

蔵人介は、坂の途中でひと息入れた。

汗に濡れた月代頭が、太陽の照りかえしで光っている。

すれちがう者たちは頭を垂れ、会釈するのも大儀《たいぎ》そうに坂道を下りていく。

膝を摑むように登りつづけると、息が切れてきた。

「旦那。へへ、その歩き方じゃ鼻緒《はなお》が切れちまうぜ」

背後から、ふいに声を掛けられた。

振りむいた途端、ぶちっと履物の鼻緒が切れる。

「ほうら、言わんこっちゃねえ」

声の主は小太りの中年男で、網目に伊勢海老の搦《から》めとられた派手な浴衣《ゆかた》を纏《まと》っていた。助けてくれるのかとおもえば、男は茶化すだけ茶化し、坂を勢いよく駆けくだっていく。

「ちっ、縁起でもない」

蔵人介は毒づいた。

些細《ささい》な不運ですら、四十三という後厄に結びつけてしまう。

半袴《はんばかま》をたくしあげ、尻を端折った。白足袋《しろたび》まで穿《は》いている。

役目帰りゆえに継裃をつけ、白足袋まで穿いている。

通行人は誰もがみてみぬふりを決めこみ、急ぎ足で通りすぎていった。

何はともあれ、鼻緒を挿《す》げねばなるまい。

と、そこへ。

よろけ縞《じま》の単衣《ひとえ》を纏った粋筋《いきすじ》の女が、つっと身を寄せてきた。

「お困りですか」

若々しく艶めいた声だ。渓谷《けいこく》のせせらぎで聞く大瑠璃《おおるり》を連想させた。

女は胸もとから水玉模様の手拭いを取りだし、糸切り歯を使って器用に布を裂いた。

唇《くち》もとだけがやけに赤く、濡れているようだ。

「挿げて進ぜましょう」

女は屈《かが》みこんだが、蔵人介は躊躇《ためら》った。

「うふふ、ご遠慮なさらずに。さ、肩にお摑まりくださいな」

「されば」

肩に手を置くと、女は鼻緒の切れた履物を拾った。

白粉《おしろい》を塗った首筋の毛際に汗が光っている。

仄《ほの》かに香木《こうぼく》の香が匂いたち、蔵人介はくらりときた。

一本足で立つ鬼役のすがたは、畦《あぜ》で田螺《たにし》を漁《あさ》る鷺《さぎ》か、痩せてひょろ長い案山子《かかし》のようでもある。

「できましたよ。どうぞ、おみあしを」

「お、すまぬ」

女は立ちあがり、何事もなかったように離れてゆく。

「待て」

「なにか」

「礼をせねばなるまい」

「お気遣いは無用ですよ」

「そういうわけにはまいらぬ。どうじゃ、すぐそこに知りあいの小料理屋があってな、水菓子でも馳走《ちそう》させてくれ」

「ありがたいおはなしですけれど、ちょいと用事がありますもので」

「名だけでも教えてくれ」

「たま、と申します」

女は恥じらうように発し、にっこり微笑んだ。

尖った八重歯が皓《しろ》い。

年増《としま》の色気と童女の幼さが同居しているような印象だった。

口惜しいおもいを噛みしめ、蔵人介はおたまの背中を見送った。

そしてまた、急勾配の坂道を登る。

きつめの鼻緒をつっかけて歩みはじめると、額に玉の汗が噴きだしてきた。

三

坂の途中で横道に逸《そ》れ、櫟《くぬぎ》や小楢《こなら》が木陰をつくる甃《いしだたみ》の小径を進む。

左右には大小の屋敷が立ちならび、まっすぐ進めば軽子《かるこ》坂へ抜ける。

蔵人介は四《よ》つ目《め》垣に囲まれた簀戸《すど》門を潜りぬけ、瀟洒《しょうしゃ》な仕舞屋《しもたや》の敷居をまたいだ。

「あら、蔵人介さま、おいでなされませ」

品のいい感じの女将が、細長い床几《しょうぎ》のむこうで出迎えた。

おようだ。

客はおらず、店のなかは小綺麗《こぎれい》に片づけられており、びいどろ鉢で泳ぐ金魚と吊《つり》忍《しのぶ》が涼《りょう》を感じさせた。

先月、孫兵衛とおようは祝言《しゅうげん》を挙げた。

「この年で恥ずかしいったらありゃしませんよ」

年齢は五十を超えている。聞けば、おようもずいぶんまえに亭主を亡くしていた。つれあいを失った者同士が結びつくのは、自然の成りゆきだったのかもしれない。

「父上は」

「ちょっと、お散歩に」

「この暑いなかをか」

「汗を掻くのがお好きなようで」

「あいかわらず、変わっておる」

「そんなことはありませんよ」

おようは、下《くだ》り物《もの》の冷酒を盃に注いでくれた。

とんと出された肴《さかな》は、煮こごりだ。

「お父さまが溜池で釣った鮒《ふな》の煮汁ですよ」

「ほう」

朝餉《あさげ》の毒味が済んで一刻余り、ちょうど小腹が空きはじめたところだ。

「蔵人介さまは、公方さまとおなじものを食べておられます。わたくしの手料理なんぞ口に合いますまい」

「口に合わねば通っては来ぬ。そもそも、鬼役づれに御膳の品を味わう余裕はない」

「あら、そうなのですか」

城の台所には、全国津々浦々から旬の食材や珍味が集まってくる。

ところが、包丁方の料理を味わい、堪能したことは一度もない。

「お役目とはそうしたもの。味気ないものさ」

おようは困った顔で微笑み、酌をしてくれた。

「お父さまはお酔いになると、いつも蔵人介さまのことをおはなしになられます」

「ほう、どのように」

「毒味は骨の折れるお役目、通常ならば三年で交替するのに、蔵人介さまは十九年もお役目を仰せつかっておられる。それが不憫《ふびん》でたまらず、天守台から月を眺めては溜息ばかり吐いていたと、かように申されます」

役目に口を挟むとは、忠義一徹の孫兵衛にしてはめずらしい。それに、鬼役こそが命を懸けて為《な》さねばならぬお役目と、先代の信頼に説得され、心を動かされたあげく、矢背家との養子縁組を決めたとも聞いていた。

「おおかた、酔った拍子《ひょうし》に弱音を吐きたくなったのだろうさ」

番町《ばんちょう》の御家人長屋で独り暮らしをしていたころは、弱音を吐く相手もいなかった。孫兵衛はおように出逢って生きかえったのだ。ほんわかした温《ぬく》もりに触れ、ようやく、人並みの幸せを摑むことができたにちがいない。

甘辛い味付けの煮こごりを食い、蔵人介は話題を変えた。

「そういえば、おたまという娘を知らぬか」

「藪から棒になんですか」

「坂の中途で鼻緒が切れてな、途方に暮れておったら、親切な娘が挿げてくれた。おたまという縹緻《きりよう》良しだ。なにやら香木の匂いがしたな、あれは伽羅《きやら》かもしれぬ」

「そんな高価なものを……あっ」

「おもいあたったかい」

「ええ。たぶん、大口屋《おおぐち》さんのお妾《めかけ》さんですよ。赤城《あかぎ》明神のそばに妾宅《しょうたく》がございましてね」

なんでも深川仲町《なかちょう》の遊女だったところを見初《みそ》められ、五百両の樽代《たるだい》で身請けされたらしい。

「五百両、それは豪儀《ごうぎ》だな」

「大口屋重右衛門《じゅうえもん》さんてのは、蔵前《くらまえ》の札差《ふださし》ですよ」

「重右衛門なら、知らぬ名ではない。あまり評判のよくない男だ」

そもそも、評判のよい札差なぞいない。蔵米《くらまい》取りの貧乏役人にしてみれば、鬼か閻魔のごときものだった。

札差は幕臣の扶持米を担保に金を貸す。潤沢《じゅんたく》な財にものをいわせ、ときには米相場をも動かす。庶民を悩ませている昨今の米価高騰は、米問屋の買い占めと売り惜しみが原因のひとつとされるが、裏で糸を引いているのは札差仲間ではないかとの噂もあった。

いずれにしろ、おたまが札差重右衛門の囲われ者と聞けば、がっかりもさせられる。秘め事を期待したわけではないが、浮《うわ》ついた気分に水をさされたのはたしかだ。

苦い酒を干したところへ、孫兵衛がひょっこり戻ってきた。

「お、来ておったのか」

「はい」

天守番を務めていたころの孫兵衛は、しょぼくれた老侍にすぎなかった。ところが、町人髷《まげ》に変えてからは血色もよく、生気に盈《み》ちあふれている。

「父上、十も若返ったようにみえますなあ」

「世辞《せじ》を言うな」

「世辞ではありませぬ。すべて、およウさんのおかげでしょう」

「おぬしには感謝しておる。この店に連れてきてもらえなんだら、わしゃ今ごろ御家人長屋で干涸《ひか》らびておったわい」

孫兵衛はからから笑い、ふっと黙った。

「笑っておるときではなかった」

「どうかなされましたか」

「坂下で女が斬られた。この暑さで気狂いした阿呆侍の仕業じゃ」

不吉な予感にとらわれつつも、蔵人介はつとめて冷静に質した。

「斬られた女の名は」

「たしか、おたまというたか。札差の妾らしい」

「あらまあ」

驚いてみせたのは、およウのほうだ。

「知りあいか。案ずるな、妾は生きておる」

背中から斬りつけられたが、軽傷で済んだという。

辻斬りに出会《でくわ》したのならば、おたまにとっては親切が仇《あだ》となった。

坂の中途で立ちどまっておらねば、暴漢に襲われることもなかったのだ。

蔵人介は、申し訳ないとおもった。

経緯を聞き、孫兵衛は腕を組む。

「切れた鼻緒か、妙な因縁じゃな。それにしても、このところ物騒《ぶっそう》なことばかり起こりよる」

昨夜は三念坂で勘定奉行が闇討ちに遭ったと聞き、蔵人介は驚かされた。

「まことですか、それは」

「知らなんだのか」

「はあ」

「有田主馬さまは、一刀のもとに首を飛ばされた。供人は世に聞こえた野太刀自顕流の達人であったにもかかわらず、双腕を刈られた陰惨なすがたで坂下に転がっておった。亀吉とかいう大工の見習いが一部始終をみておってな。下手人は閻魔じゃ」

「閻魔ですと」

「ふむ、武悪の狂言面をつけた下手人じゃ。亀吉の相棒が面を拾い、番屋へ届けた。面は真っ赤な返り血を浴びておったらしい。亀吉はちとおかしくなってのう。勘定奉行さまを殺ったのは閻魔にあらず、閻魔王宮の使いで大王の輿を担ぐ鬼じゃとほざいた」

「大王の輿を担ぐ鬼」

「そういえば、おぬしも面打ちを嗜《たしな》んでおったのう。武悪を彫ったことはあるのか」

「ございますよ」

「まさか、おぬしではあるまいな」

ぎろっと睨まれ、蔵人介はたじろいだ。

「なにを仰います」

「気にいたすな。戯れ言じゃ」

戯れ言で片づけてよいのだろうか。

閻魔王宮の使い、大王の輿を担ぐ鬼といえば、矢背家の由来にも関わってくる。

大工見習いの証言は看過できるものではない。

蔵人介は冷酒を呷《あお》り、おように酌をもとめた。

「父上、それで、下手人に目星は」

「物盗《ものと》りでないことはたしかじゃ。帯封のされた小判が懐中に残されておったらしいからの」

勘定奉行に帯封の小判とくれば、まちがいなく御用商人からの賄賂にちがいない。

有田主馬は酒席に招待され、山吹《やまぶき》色の菓子折を土産に貰って帰宅する途中で斬られたのだ。

「遺恨でしょうか」

「さあて。亀吉とかいう若僧が正気《しようき》にもどれば、もそっと詳しい事情も判明いたすであろう。知りたくば教えてやってもよいぞ」

「捕り方に伝手《つて》がおありのようですな」

「音羽の岡《おか》っ引《ぴ》きをひとり知っておる。高慢ちきな男じゃが、おようのこさえた美《う》味《ま》いもんを食わしてやれば、たいていのことは喋りよる」

「なるほど」

「近いうちに足をはこぶがよい」

「そうですな」

割りきれぬおもいのまま、おようの店を出た。

陽射しは強く、咽喉の渇きは癒されそうにない。

四

矢背家は神楽坂からさほど離れていない。

納戸方がおおく住む「賄賂町」に、百坪の平屋を構えている。

御家人並みの冠木門の内側では、気高《けだか》い養母と気丈な妻が角《つの》を突きあわせていた。どこの家にでもある姑と嫁の諍《いさか》いだ。板挟みの蔵人介は邸内で何が起ころうと無関心を装い、よほどのときは釣竿を担いで逃げだすことにしている。

今日はその必要もあるまい。志乃は数寄屋《すきや》橋の茶会へ足をはこび、幸恵は女中奉公の町娘を連れて買いだしに出掛けた。

邸内には平穏な空気が流れ、火除地の雑木が葉漏れ陽を投げかけている。

六つの鐵太郎は縁側に座り、甲虫《かぶとむし》のように冷水を啜っていた。真鍮《しんちゅう》の容器にはいった辻売りの冷水《ひやみず》は、下男の吾助に買ってこさせたものだ。一杯四文のところを九文払い、甘露《かんろ》と白玉《しらたま》を増やしてもらったらしい。

「鐵太郎、美味いか」

「はい」

「母上には内緒ぞ」

蔵人介も躾《しつけ》には厳しいほうだが、息子をとことん甘やかしたくなるときもある。甘露のような父を演じ、幼子の歓心を買おうとするのだ。

鐵太郎は冷水を啜りながら、しきりに小桶を気にしていた。

水を張った小桶には、紅白の金魚が泳いでいる。

「びいどろの鉢を買ってやろうな」

「はい」

鐵太郎は瞳を輝かせ、冷水を啜る。

ちりんと、風鈴が鳴った。

蟹のような体軀の男が庭にあらわれた。

「串部か」

「は」

串部が近づいてくると、鐵太郎はぺこりとお辞儀をして奥へ消えた。

子供ながらに、場の空気を読むことができる。

「賢いお子であられますな」

串部は感嘆し、桶に泳ぐ金魚を一瞥《いちべつ》した。

いつになく、浮かない顔をしている。

「宗次郎の様子はどうじゃ」

蔵人介がからかい半分に質すと、串部は溜息を吐いた。

「あいかわらずの放蕩三昧《ほうとうざんまい》にござります」

「困ったものよ」

宗次郎は、三日前から廓にしけこんでいる。

串部は、苦虫《にがむし》を嚙みつぶしたような顔で吐いた。

「いっときは、ご不幸な御身の上にご同情申しあげたが、そんな気も失《う》せ申した。あのお方は、閨《ねや》で骨抜きにされてござる。あれではまるで、鬼役に骨を取られた鯛も同然」

「はは、腐っても鯛か。うまいことを抜かす」

「殿に一度、強《こわ》意見してもらわねばなりませぬ」

「抛《ほう》っておけ」

蔵人介が鷹揚《おうよう》に言いはなつと、串部は話題を変えた。

「それはそうと、気になる噂を耳にいたしました。一昨夜、牛込の三念坂にて勘定奉行の有田主馬さまが闇討ちに」

「聞いておる。供人は自顕流の達人であったとか」

「高見沢源八ですな」

「知りあいか」

「板の間で一度手合わせを」

「ほう」

「鎧甲《がいこう》もろとも破砕する、右蜻蛉の構えから強烈に打ちおろす太刀の威力は凄まじいものでござった。高見沢は一撃で仕留められました。下手人は居合を遣います。しかも、田宮流の練達《れんたつ》」

「なぜわかる」

「双手《もろて》刈りに飛ばし首。いずれも殿が得意となさる秘技にござります」

「何が言いたい」

「下手人は傾奇者《かぶきもの》、武悪の面をつけておったとか」

「まさか、わしを疑っておるのか」

「いいえ、微塵も」

串部は薄く笑った。

「もし、殿の名を騙《かた》って凶事をはたらく者があるとすれば、いかがなされます」

「捨ておけぬな」

「斬りますか」

「斬らねばなるまい」

「ひとつ、お尋ねしても」

「なんじゃ」

「殿はかつて、武悪面をお打ちになったはず。それを、どうなされた」

探るような眼差しを避け、蔵人介はぼそっとつぶやいた。

「それがな、部屋の何処をさがしてもないのよ」

「やはり、さがされたのですな」

「念のためじゃ」

「面を盗むとすれば、おもいあたる者はただひとりにござります」

「宗次郎か」

「はい」

「厄介な若僧だ」

蔵人介は、苦い顔で吐きすてた。

五

宗次郎には、幼心に焼きつけた思い出がひとつあった。

六つのころだから、かれこれ十五年前のはなしになる。

八幡宮で袴着の儀を済ませ、父に連れられて千代田城を見物にいった。

すると、厳めしい桜田御門から、裃姿の武士が颯爽《さっそう》とあらわれた。

「あれが鬼より怖い蔵人介ぞ」

そのとき囁いた父の台詞《せりふ》が、いつまでも耳から離れないというのだ。

幼い瞳に焼きつけられた蔵人介の容姿は、社寺の四脚《しきゃく》門を守る仁王よりも恐ろしいものであったにちがいない。

宗次郎は廓で大立ちまわりを演じたこともある跳ねっ返りだが、蔵人介の面前では借りてきた猫のようにおとなしくなる。

そんな若僧が蔵人介の部屋へ忍びこみ、武悪面を盗んだ。

なぜ。

幸恵はこともなげに「ただの悪戯《いたずら》でしょう」と応じた。

志乃に尋ねても「騒ぎたてするほどのことでもありませんよ」と、こちらも泰然と構えている。

「あの厄介者」

他人の家でただ飯を食わせてもらっているにもかかわらず、危なっかしいところがかえっておなごの心を引きつけるのか、志乃や幸恵の受けがよい。それはともかく、返り血を浴びた武悪面がこの部屋から盗まれた代物ならば、宗次郎が闇討ちの下手人かもしれなかった。

無闇に人を斬る癖はないはずだが、それは通り一遍の付きあいで感じただけのこと、心の奥深いところにある闇までは覗くことができない。

いずれにせよ、廓通いの放蕩者を詰問《きつもん》すればわかるはなしだ。

が、待てど暮らせど、宗次郎は帰ってこなかった。

これまでも、三日、五日と帰らぬことはあったので、何もめずらしいことではない。

いっそ、妓楼《ぎろう》へ乗りこむか。

蔵人介は何度も腰を浮かせかけ、そのたびにおもいとどまった。

泥酔した宗次郎をみた途端、斬りすてたい衝動に駆られるかもしれない。そうなっては困るし、厚化粧のほどこされた吉原という街が好きではなかった。

朝に咲いた芙蓉《ふよう》の花が、夕暮れにはすっかり萎《しぼ》んでしまった。

――とんとん、とんとん。

御納戸町の屋敷内には、面打ちの鑿音《のみおと》が響いている。

蔵人介は焦れるおもいを抑え、終日、部屋に籠もって面を打ちつづけた。

おもえば、十一で矢背家の養子となり、十七で跡目《あとめ》相続を容認されたのち、晴れて出仕を許されたのは二十四のときだった。養父からは毒味作法のみならず、田宮流居合の極意も手厳しく仕込まれた。

真新しい裃姿で御目見得《おめみえ》を許されたとき、将軍家斉から「蛙の子は蛙じゃ」ということばを頂戴《ちょうだい》した。上の連中が「生涯鬼役一筋で忠勤せよ」とでも曲解《きょっかい》したせいか、十九年もの長きにわたって毒味役を仰せつかっている。

何千食と毒味をしてきたにもかかわらず、家斉と対面したのは一度きりであった。はじめて面打ちの鑿を握ったのは、長久保加賀守の命で人を斬った翌晩のことだ。斬らねばならぬ理由も告げられず、相手の素姓もしかとはわからない。ただ、悪人であることを信じて刀を振りおろした。

養父から引きついだ暗殺御用という役目に、罪の意識と戸惑いを禁じ得なかった。

爾来《じらい》、人を斬るたびに面を打ってきた。

経を念誦《ねんじゅ》しながら、鑿の一打一打に悔恨《かいこん》と慙愧《ざんき》の念を籠め、狂言面のなかでも人よりは鬼、神仏よりは鬼畜、鳥獣狐狸《ちょうじゅうこり》のたぐいを好んで打った。

面はおのが分身、心にひそむ悪鬼の乗りうつった憑代《よりしろ》でもある。

面打ちという行為は、殺《あや》めた者たちへの追悼供養であり、罪業《ざいごう》を浄化する儀式にほかならなかった。

飼い主である加賀守を斬り、刺客ではなくなった途端、面を打つ理由もなくなった。それゆえ、すべての面は焼いてしまったが、二度とやらぬと胸に誓ったはずの暗殺御用にふたたび手を染め、今また橘右近という新たな飼い主に首輪を付けられようとしている。

面を焼いたあとも、人を何人か斬った。

斬るたびにこうして、鑿を振るっている。

木曾《きそ》檜《ひのき》の表面から浮きあがった顔は、滑稽味のある魁偉《かいい》な顔だ。

荒削りを終えたら鑢《やすり》をかける。

漆を塗って艶を出す。

そして、面の裏に「侏儒」という号を焼きつける。

侏儒《しゆじゆ》とは取るに足らぬ者、おのれのことだ。

「武悪め」

これと同じ面をつけた何者かが、三念坂で凶行におよんだ。

わざわざ閻魔の斎日を選び、亀吉とかいう大工見習いに一部始終を目撃させたのだ。

「ふざけた野郎だ」

下手人は「閻魔王宮の使いで、大王の輿を担ぐ鬼」と、亀吉は証言したという。

串部の言うとおり、誰かが罪をなすりつけようとしているのだろうか。

「何故かっ」

閻魔の口に鑿を突きたて、がつんと深く削る。

木屑を吹きはらい、さらに鑿を突きたてようとしたとき、廊下のむこうから跫音《あしおと》が近づいてきた。

「義兄上《あにうえ》」

障子越しに呼ぶ声が、わずかに震えている。

「市之進か」

「はい、火急の用件にござります」

「はいれ」

「ごめん」

障子が開き、徒目付の義弟があらわれた。

「さっそくですが、三念坂の一件はご存じでしょうな」

「存じておる」

「じつは町奉行所から目付筋へ、内々に取りしらべの依頼がまいりました」

「ほう」

町奉行所が匙《さじ》を投げたとなれば、取りしらべの相手は幕臣ということになろう。

「さようか」

「あまり驚かれませんな」

「亀吉とか申す者が、たわごとを吐いたのであろう」

「よくご存じで」

亀吉は「殺ったのは公儀鬼役」と吐いた。

「幸い、下手人の姓名までは口にしておらぬようで」

千代田城の中奥に鬼役は五人、すなわち、蔵人介もふくめて五人すべてが取りしらべの対象となる。

「唯一の証拠《あかし》は、三念坂にのこされた武悪の面。鬼役五人のなかで面打ちを嗜むのは、拙者が知るところ、義兄上ただひとりにござる」

「わしを疑っておるのか」

「疑っておれば参じませぬ。数日後、御目付の梶山大膳《かじやまだいぜん》さま直々のお取りしらべがございます。それまでにはなんとか、下手人を挙げねばなりませぬ」

「すでに、串部が動いておる」

「さすがは義兄上」

「めぼしい報せはまだない」

「されば、拙者のほうからひとつ。有田主馬さまは斬殺された晩、お忍びで宴席に招かれておりました。見世は音羽にある『三笠《みかさ》茶屋』。帰路は宿駕籠をつかいましたが、三念坂のうえまできて、どうしたわけか駕籠を降りた」

「ほう、なぜ」

「駕籠かきのせいでござる。後棒《あとぼう》が足を挫《くじ》いたので、降りざるを得なくなったとか」

「駕籠かきが足を挫くだと。胡散《うさん》臭いはなしだな」

「はい。有田さまの御屋敷は小石川御門内にございます。なるほど、三念坂は近道ですが、平坦な道はほかにもあった。駕籠かきがわざわざ急坂へむかった理由、それがいまひとつわかりませぬ」

「刺客の待つ坂へむかうべく、仕向けられたと申すか」

「駕籠を呼んだのは宴席を催した札差、大口屋重右衛門にございます」

「なに」

蔵人介は、ごくんと唾を呑みこんだ。

「ふむ」

「なにか、おもいあたる節でも」

妾のおたまとの経緯をはなしてやると、市之進は大きくうなずいた。

「奇縁ですね。妾に斬りつけた阿呆侍のことも、ちと気に掛かります。こちらで調べてみましょう」

「頼む」

「大口屋と申せばもうひとつ、妙な噂を耳にいたしました」

吉原で金をばらまき、大見世をひとつ惣仕舞いにしようとした。

ところが、目当ての花魁があらわれない。

聞けば、情夫《いろ》と閨に籠もったきりという。怪しからんはなしだと楼主にねじこむと、花魁はなんと情夫を連れてあらわれた。大口屋は肝の太い情夫と意気投合《いきとうごう》し、酒席をともにしたばかりか、数日分の揚げ代を立て替えてやった。

「花魁は夕霧、情夫は宗次郎。誰かとおもえば矢背家の居候でした」

「あの莫迦」

大口屋と深く関わり、借りまでつくっているのだ。

「それにつけても、何故に下手人は武悪面をつけておったのか。しかも、大工見習いが坂下でみていることを知りながら、何故、鬼役であることを声高《こわだか》に叫んだのか。そのあたりがわかりませんね。ひょっとすると、義兄上を陥《おとしい》れる策謀やもしれませぬぞ」

「大袈裟な。わしはただの毒味役、誰かに恨まれるおぼえはない」

「さようですか」

市之進は、蔵人介が暗殺御用に携わってきた事実を知らない。なにせ四角四面の正直者、知れば面倒なことになりそうなので、黙っておいたのだ。

「市之進、幸恵が夕鯵《ゆうあじ》を買《こ》うてきた。夕餉をとっていけ」

「そうもしておられませぬ、では」

市之進はお辞儀をすると、早々に立ちさった。

六

三念坂の殺しから三日経った。

笹之間での相番は、新参の桐原新左衛門だ。

御家人から旗本の家へ養子にはいったと、蔵人介は聞いている。

若いだけに野心旺盛で、中奥の実力者である碩翁に取りいり、出世の手蔓《てづる》を摑もうとしていた。

媚《こ》びた物腰が鼻につき、蔵人介は好きになれない。

痩せてひょろ長い外見も、狡猾な印象を抱かせた。

鬼役はふたりずつの交替でやりくりされ、相番は一方が毒味役となり、もうひとりは監視役にまわる。監視役は毒味を監視するだけでなく、落ち度のあった毒味役を介錯《かいしゃく》すべき役目も担った。

それゆえか、密室に近い笹之間には、いつも張りつめた空気が流れている。

「桐原どのは筋がよい。手先も器用そうだしな」

親しげに水をむけると、桐原は笑ってこたえた。

「御小納戸役の方々に脅されましたよ。毒味役にまわったときは、矢背どのに首を落とされる覚悟でのぞめと」

「なにを莫迦な。首を落とされた者など、十九年でひとりもおらぬ。ただ」

「なんでしょう」

「脅かすつもりはないが、廊下で足を滑らせて懸盤《かけばん》を取りおとし、汁まみれの味噌臭い首を抱いて帰宅した者はおった」

「それはお気の毒に」

毒味の済んだ膳は、小納戸衆の手で「お次」と呼ばれる隣部屋へ運ばれる。汁物や吸物は替え鍋で温めかえし、梨子地金蒔絵《なしじきんまきえ》の懸盤にならべなおす。一の膳と二の膳、粒の揃った美濃米《みのまい》の炊きあがった櫃《ひつ》が用意され、公方の待つ御小座敷へと配膳される。

小納戸方の配膳係は、御小座敷までつづく長い廊下を足早に渡ってゆかねばならない。

「御小納戸衆は廊下で滑っただけでも首が飛ぶ。鬼役は小骨ひとつ、髪の毛一本でもみおとせば首が飛ぶ。何事も嘗《な》めてかかれば、痛い目をみるというはなしだ」

「肝に銘じておきましょう」

桐原は平然と吐きすてる。

「ところで矢背どの、三念坂の凶事はお聞きおよびでござろうな。御勘定奉行の有田さまは暴漢に斬られたにもかかわらず、病死あつかいにされたとか」

「ほう」

「御上の沽券《こけん》が保てぬとのご判断でござろう。有田さまがお亡くなりになったあと、御勘定奉行の筆頭には、遠山左衛門少尉《とおやまさえもんのしょうじょう》さまがご昇進になられました。矢背どの、遠山さまはご存じで」

「いいや、存じあげぬ」

「お父上は遠国《おんごく》の長崎《ながさき》奉行、御勘定奉行と歴任なされました。由緒《ゆいしょ》あるご大身《たいしん》のお生まれで、御小納戸役を皮切りに、とんとん拍子でご出世なされたお方でござる。ふふ、懸盤を取りおとさずに済んだ口でしょうな」

遠山左衛門少尉景元《かげもと》、噂は耳にしたことがある。若い時分は放蕩者で、背中に倶《く》利迦羅紋々《りからもんもん》の彫物《ほりもの》を入れているとか。

「こたびのことで漁夫《ぎょふ》の利《り》を得たのは遠山さまというのが、もっぱらの評判でござる。ま、これ以上の詮索は無用にいたしましょう」

桐原は溜息を吐き、冷静な男にしてはめずらしく語気を強めた。

「それにつけても、御勘定奉行と申せば職禄三千石の重きお役目、それだけの任に就くお方が辻斬りも同然に斬られた。もっと大事《おおごと》になってもよさそうなものなのに、凶刃《きょうじん》を振るった下手人については誰もあまり触れたがらぬ。矢背どの、おかしいとはおもわれませぬか」

「別に。おのれに火の粉が降りかかってこなければ、余計な詮索はせずに無関心をきめこむ。それが処世術《しょせいじゅつ》というもの。桐原どのなら、そのあたりはわきまえておられるはずだ」

たっぷり皮肉を籠めたつもりが、おもいがけぬ反応がかえってきた。

「嘆かわしい。千代田のお城はいつのまにか、骨抜き侍ばかりになってしまった」

「骨を抜くのが鬼役の役目。愚痴を吐いてもはじまらぬ」

「ふほっ、これが愚痴とは恐れいった。矢背どの、拙者は蛆虫《うじむし》と無関心が何よりも嫌いでござる。有田さまの一件にしても、きちんと真相を究明すべきでしょう」

正義を振りかざす新参者を、蔵人介はめずらしいものでもみるような目つきで眺めた。純真な一面があることに驚かされたのだ。

「桐原どのは、三念坂の殺しによほど関心がおありとみえる。ひとつ教えて進ぜよう。この一件に関しては内々に御目付筋が動いておる。疑われておるのはわれわれ、本丸の鬼役じゃ」

「さようでござるか」

あまり動じた様子もみせない。

「そういえば、矢背どののご舎弟《しゃてい》は御徒目付であられたな。ご姓名はたしか、綾辻市之進どの。ついでに申せば、矢背どのは望月左門さまのご次男を預かっておいでとか。ご隣人であったとはいえ、なかなかできぬことでござる」

蔵人介は顔を曇らせた。

宗次郎のことは誰にも口外していない。

どうして、桐原ごときが知っているのか。

「碩翁さまでござるよ。矢背どのを褒めておられました。拙者も、なるほどとおもわざるを得ない。隣人の誼《よしみ》とは申せ、廃絶《はいぜつ》の憂《う》き目に遭った家の子息を預かるとは。ご次男は、宗次郎どのと仰いましたかな。なんでも、廓遊びにうつつを抜かしておられるとか。望月家から縁を切られた御仁とは申せ、関われば何かと不都合なことも出てまいりましょう。偉いものだと、碩翁さまはしきりに感心しておられましたぞ」

嘘だ。碩翁には敵視されこそすれ、褒められるおぼえはない。

むっつり黙りこむと、桐原は探るような眼差しをむけてきた。

「ただの親切心だけでは、なかなかそこまではできますまい。もしや、ご次男を預かる格別な理由でも」

「別に」

鎌《かま》を掛けられた。

宗次郎のことで探りを入れるべく、碩翁に命じられたのだろうか。

蔵人介は警戒しながら、はなしをもとに戻す。

「有田さまを斬った者は、武悪の狂言面をつけておった。しかも、みずから鬼役であると正体を明かしたらしい」

「なにゆえでしょう」

「おぬしはどう読む」

「はて、そやつは有田さまをではなく、人を斬りたかったのではござらぬか」

「人を……どういう意味であろうな」

「人の心には悪鬼羅刹《あっきらせつ》が棲《す》むと聞きます。もしかしたら、そやつにとって人斬りは、避けがたい衝動なのかもしれませせぬ」

妙なことを抜かす男だ。

「たとえば、矢背どのの長柄刀、並みの斬れ味ではござりますまい」

「ためしたこともないが」

「これは意外」

対峙する鬼役同士の眼差しがかちあった。

「意外とは」

「来国次の業物なれば、様斬《ためし》りしたくなるのが必定。ちがいますか」

桐原の眸子《まなこ》がきらりと光った。さきほどまでの初々《ういうい》しい態度とは打って変わり、悪鬼に憑依《ひょうい》されたかのような暗い顔つきだ。

物腰にも隙はなく、蔵人介は申しあいにのぞんでいる錯覚に陥った。

達人同士がひとたび対峙すれば、刀は手にせずとも、ああ打てばこう受けるといった剣戟の手順を描くことができる。

笹之間に異様な殺気が膨らんだ。

「……いや、ははは、参りました」

さきに降参したのは、桐原のほうだ。

蔵人介の額には、嫌な汗が滲んでいる。

「さすが矢背どの、碩翁さまが仰るとおり、並々ならぬ技倆《ぎりょう》の持ち主であられる」

「桐原どのこそ。ちなみに、貴公の修めた流派は」

「田宮流抜刀術」

と聞き、蔵人介は片眉をぴくりと吊りあげた。

七

翌、快晴。

蔵人介は夏虫《なつむし》色の単衣を着流し、神楽坂を越えて赤城明神へとむかった。手に抱えた風呂敷の中身は、女中奉公の娘に日本橋本銀町《ほんしろがねちょう》の『大久保主水《おおくぼもんと》』で買ってこさせた茶菓子だ。

赤城坂を下った途中に、瀟洒な妾宅はあった。

「ごめん」

敷居をまたぐと、ほんのり香木が匂いたつ。

「だあれ」

奥のほうから、艶めいた声が聞こえてきた。

「ごめん、矢背蔵人介と申す」

まがりなりにも旗本の主人が、供人も連れずに他人の妾宅を訪れることは稀《まれ》にもない。

体裁にはこだわらぬ蔵人介にも気後《きおく》れはあった。

それでも、自分のせいで金瘡を負ったかもしれぬ女のことが気になって仕方なかった。幸恵への申し訳なさもあったが、それよりも親切にしてもらった相手へのせめてもの恩返しに、見舞ってやりたい気持ちのほうが強かった。

衣擦《きぬず》れとともに、色白のおたまが廊下に顔を出した。

「なにか、ご用でしょうか」

籠《かご》の鳥が謡《うた》うように、小首をかしげてみせる。

神楽坂の出来事を失念してしまったのだろう。

蔵人介は無理に笑いかけた。

「怪我の具合はよさそうだな」

「え」

「忘れたのか。神楽坂で鼻緒を挿げてもらった男だ」

「あっ、あのときのお武家さま」

「金瘡を負ったと聞いてな、見舞いにきてみた。ほれ」

おたまは恐縮しながらも、茶菓子を受けとった。

「どこを斬られた」

「背中を掠《かす》めた程度です」

「不幸中の幸いか」

「ええ、まあ」

「わしの鼻緒が切れなんだら、おぬしも怖いおもいをせずに済んだはずだ」

「それでわざわざ、お訪ねくだすったんですか」

「まあな」

「かえってすみません。わたしのような日陰者《ひかげもの》にお気をつかっていただいて」

にっこり微笑みながらも、おたまは警戒を解いていない。

蔵人介を家へあげるわけにもいかず、戸惑っているのだ。

「なれば、これにて失礼いたす」

仕方なく踵を返しかけたところへ、おもいつめたような声が掛かった。

「お待ちください」

「ん」

振りかえれば、つぶし島田《しまだ》の髷あたまで三つ指をついている。

「お願いがござります」

「なんじゃ、あらたまって」

鸚鵡《おうむ》返しに質すと、おたまは狼狽《うろた》えた。

「……も、申しわけござりません。わたし、どうかしておりました。見も知らぬお方に、図々しくものを頼もうだなんて」

「申してみよ。袖振りあうも多生《たしょう》の縁というではないか」

「袖振りあうも多生の縁」

「さよう、おぬしとわしがまさにそれじゃ。履物の鼻緒が切れたのも、何かの宿《しゅく》縁《えん》であろうよ」

「宿縁」

ぽってりした朱唇《くちびる》に吸いよせられそうになり、蔵人介はすんでのところでおもいとどまった。

「さあ、申してみよ」

「はい」

おたまの口から漏れたのは、妙な願いだった。

大口屋重右衛門に身請けされるとき、大きな嘘をひとつ吐いたという。まことは上州《じょうしゅう》の農家から買われてきたのに、零落《れいらく》した武家の娘だと告げたのだ。

武家出身の娘は岡場所でも人気が高い。おたまの嘘を信じた大口屋は腹の太いところをみせ、身請料を二百五十両から倍の五百両に引きあげた。そのときは置屋《おきや》の女将と口裏を合わせて乗りきったが、大口屋はこのところ「まことに武家の娘か」と、執拗《しつよう》に訊いてくる。ついには「証拠をみせろ」と迫られ、ほとほと困っていた矢先、蔵人介がひょっこりあらわれた。

などと、おたまは立て板に水のごとく喋りとおす。

「で、わしにどうせよと」

「おさしつかえなければ、半日だけ、じつの兄になっていただきとうございます」

うらぶれた風体を装い、大口屋に逢ってほしいというのだ。

「困ったのう」

と吐きながらも、必死に懇願《こんがん》され、すっかりその気になった。

ちょうどよい。三念坂の件もあり、大口屋の顔を拝んでおきたいとおもっていたところだ。

「明晩戌《いぬ》ノ刻（午後八時）、音羽の三笠茶屋へお越しいただけませんか」

「五つだな、よし」

蔵人介は浅はかにも、妖艶《ようえん》な妾の願いを聞きいれた。


午後の陽光を背に浴びつつ、神楽坂の中途から脇道に逸れ、甃の小径へむかう。

おようの見世に顔を出すと、目つきの鋭い客がひとり座っていた。

床几のむこうには、孫兵衛とおようが仲良くならんでいる。

「お、よいところへあらわれた。こちらは音羽の親分さんじゃ」

五十がらみの男がぎこちなく会釈した。

蔵人介の氏素姓を計りかねている。

おようが気を利かし、男の盃へ冷酒を注いだ。

「お、すまねえ。とっつぁん、こちらのお武家さまは」

「公儀鬼役、矢背蔵人介どのじゃよ」

「鬼役……これはこれは、公方さまのお毒味役でいらっしゃる。するってえと、お旗本のお殿さまじゃござんせんか、こいつは無礼をぶっこきやした。あっしの名は辰造《たつぞう》、観音《かんのん》の辰と呼ばれておりやす。しがねえ十手《じって》持ちでさ。ところで、とっつぁん、こちらとはどういう」

「親分には、わしのむかしを喋っておらんかったかのう。養子に出した息子なのじゃ」

「えっ」

　自慢げに胸を張る孫兵衛のまえで、観音の辰は小さくなった。

　蔵人介は哀れにおもい、助け船を出してやった。

「親分さん、この見世は無礼講《ぶれいこう》だ。気にせずに呑んでくれ」

　気にするなと言われても、平常《ふだん》から只酒《ただざけ》に只飯を啖っている辰造としてはきまりがわるい。しかも、三念坂で勘定奉行を斬った下手人が「公儀鬼役」と名乗ったことは、番屋では周知のことであった。

　孫兵衛は辰造の困った様子を楽しみつつ、三念坂の一件を口にした。

「親分さん、顚末《てんまつ》を聞かせてはもらえんだろうか」

「顚末もなにも、まだ終わっちゃいねえよ」

「例のなんというたか、大工の見習い」

「亀吉かい」

「それそれ、亀吉は正気に戻ったのかね」

「正気にゃ戻ったが、あの晩のことはうろおぼえさ。酒もでえぶへえっていたしな。

そんでも、あの野郎、すっかり番屋が気に入ったらしく、おもいだしたことがあったと言っちゃあ顔を出しやがる」

「番屋が好きとは変わり者じゃな」

「来られても仕方ねえんだ。この一件は御目付筋へ渡しちまったかんな。おれらは手の出しようがねえ」

「それは表向きのはなし。十手に誇りをもつ親分さんのことだ。秘かに動いていなさるんでしょう」

「ふふ、まあな」

「で、何かわかったことは」

孫兵衛はことば巧みに誘い、およう は絶妙の間合いで酌をする。

辰造はお喋りな男らしく、蔵人介がいるのも構わずにつづけた。

「あの晩、御勘定奉行の有田さまは宿駕籠に乗った。ところが、三念坂の手前で後棒のやつが足を挫いたとかで、駕籠を降りるはめになった。こいつはどう考えても臭え。それで、おれは後棒のやつをしょっぴいた」

「ほほう、それで」

「たしかに、その野郎は足を挫いていやがった。坂の手前で転《こ》けたと言い張ったがな、おれの目は節穴じゃねえ。やっぱし、駕籠かきどもの狂言にちげえねえんだ。となりゃ、駕籠屋に酒手をはずんだ野郎が怪しい。つまりは、大口屋重右衛門よ」

孫兵衛は首を捻った。

「親分さんは、大口屋の旦那を疑っておられるので」

「まあな。あの野郎が腕の立つ刺客を雇ったにちげえねえ」

「どうにもわからぬ。商人《あきゆうど》が御勘定奉行を闇討ちにするかね」

「ふん、殺す理由なんざいくらでもあるさ」

大口屋が法外な賄賂を要求されていたのはたしかだと、辰造は言う。

勘定奉行と札差はおなじ穴の狢、やろうとおもえば米相場を不正に操作するなどして、ぼろ儲《もう》けもできる。

ただし、有田に代わる勘定奉行はほかにもいる。いざとなれば、そちらに乗りかえればいい。岡っ引きの読みどおり、大口屋が金銭のごたごたから、刺客を雇って有田を亡き者にしたのかもしれなかった。

「じつは三年めえにも、大口屋がらみで不審事があった。当時、札差仲間の肝煎《きもい》りだった伊勢《いせ》屋庄兵衛《しようべえ》ってのが辻斬りに遭って殺され、その後釜《あとがま》に据《す》わったのが大口屋だったのよ。こいつは怪しいってんで、おれもさんざ嗅《か》ぎまわってはみた。でもな、証拠は挙がらず仕舞いよ」

「へえ、そんなことがあったのかね」

「こんどの一件も証拠がねえことにゃ埒はあかねえ。そこでよ、おれは妾のおたまに目をつけた」

「え」

おようが動揺し、銚子を取りおとしそうになる。

いっこうに構わず、辰造はつづけた。

「あの女狐《めぎつね》はとんだ食わせ者さ。旦那とは別に間夫《まぶ》がいる。まちげえねえ。一晩中《よっぴて》張りこみ、この目でみたんだ。相手は遊び人ふうの町人さ。小太りの野郎だったが、顔まではわからねえ」

男は真夜中になって赤城明神の妾宅を訪れ、夜明けまえには帰っていった。

「親分さん、そいつを跟《つ》けなかったのかね」

「跟けたさ。用心深《ぶけ》え野郎でよ、途中でまかれちまった」

辰造は盃を呷り、ぷうっと酒臭い息を吐く。

「ともかくよ、おれはおたまの泣き所を握ったってえわけだ。とっつぁん、こいつを利用しねえ手はあんめえ」

「はて、妾をどう使いなさるので」

「へへ、そいつは秘密だよ」

たいした策はあるまい。寝物語に大口屋の本音を聞きださせる程度のことだろう。

辰造の企《くわだ》てなぞ、どうでもよい。

おたまに情夫がいたというのが気に食わぬ。

蔵人介は眉間に皺を寄せ、盃をたてつづけに呷った。

八

深更《しんこう》、三念坂でまた殺しがあった。

目にした者はおらず、殺《や》られたのは浪人者だ。

うらぶれた風体の男は首無しの屍骸《むくろ》となり、坂下の笹叢《ささむら》に置きすてられた。

死に首は山狗《やまいぬ》に食われ、右目と右頬を失っていたが、辛うじて人相がわかる程度の原形はとどめていた。

翌早朝、市之進の一報で凶事を知り、蔵人介はむっつり黙りこんだ。

靄の立ちこめる庭では、吾助がせっせと草取りをしている。

勝手のほうから、味噌汁の美味そうな匂いがただよってきた。

市之進は寝不足のせいで、眸子を兎のように充血させている。

「遺骸《ほとけ》を検分したのか」

「ええ、これでも徒目付の探索方ですから」

「どうであった」

「斬り口から推せば、まずまちがいなく、有田さまを斬ったのとおなじ相手でしょうな」

「斬られた浪人者の素姓は」

「神楽坂で妾に斬りつけた阿呆侍によく似ておったとか」

「なに」

「驚くべきは、ここからさきです。斬られた鈴木《すずき》某とか申す浪人者、じつは御勘定奉行遠山左衛門少尉さまの用人にござりました」

「なんと」

おたまに斬りつけた鈴木某は、狂言面の男に首を刎《は》ねられた。

鈴木の主人は、勘定奉行筆頭に昇進した遠山景元であるという。

すなわち、鈴木は遠山の密命を帯び、浪人者に化けていたのだ。

鬼役の桐原新左衛門は、有田が死んで漁夫の利を得たのは遠山だと告げた。

いったい、何がどうなっているのか、頭が混乱してくる。

「鈴木某はなんらかの意図のもと、おたまに斬りつけたのではありませんか。しかも、傷つけぬように細心の注意を払って」

「狂言か」

「たぶん」

「狙いは」

「ひょっとしたら、義兄上の気を惹《ひ》くためにやったことかも」

「莫迦な」

とは言ったものの、あながち的はずれな指摘でもあるまい。

おたまは最初《はな》から、蔵人介に近づく意図を持っていた。

それを手助けするかのように、履物の鼻緒が切れたのだ。

鼻緒を挿げてもらっただけなら、妾宅を訪れることはなかったかもしれぬ。

おたまが凶事に遭ったからこそ、見舞いにいく口実ができたのだ。おたまと鈴木某が仲間であったと仮定すれば、おたまも遠山の息がかかった女と考えねばなるまい。

ともあれ、そこまでこちらの心理を読み、巧妙に誘ってみせたとすれば、よほど周到《しゅうとう》な罠が仕掛けられていると考えるべきだ。

「義兄上、もしや、妾宅へ足をむけたのですか」

探るような眼差しをむけられ、蔵人介は目を逸らした。

市之進にも串部にすらも、訪ねたことは内緒《ないしょ》にしてある。誰にも知られたくはなかった。おたまに格別の感情をもっていると誤解されたら、厄介なことになる。ことに、幸恵に知れたら一大事だ。

「そういえば、姉上に妙なことを訊かれましたぞ」

「なんだ」

「義兄上は女中奉公の娘に大久保主水の茶菓子を買ってこさせたらしいが、あれは何に使ったのだろうかと」

「ふうん、幸恵がさようなことを」

「義兄上、何に使ったのですか」

「別に」

「怪しいですな」

「余計な詮索をするな」

「ともあれ、義兄上を陥れようとしている者の意図が見え隠れいたします。再度お尋ねしますが、誰かに恨みを買ったおぼえはござらぬか」

「ないな」

人を斬れば恨みは残る。頭に浮かんでくる顔はみな、死んでいった者たちの顔だ。ただし、意趣《いしゅ》返しをしようにも、あの世からではできまい。

「市之進、殺しの筋をどう読む」

「まず、有田主馬さまについて申せば、禄高を遥かに超える豪奢《ごうしゃ》な暮らしぶりにござりました。それが大口屋の金で賄《まかな》われていたとすれば、命を落とす理由にはなりましょう」

「やはり、仕組んだのは大口屋」

「とみるのが順当でしょうね。札差が刺客を雇って殺らせたのでござる」

「浪人殺しは」

「さあて、邪魔になったから殺ったのでは。たとえば、鈴木某は刺客の正体を探っていた。刺客は正体がばれそうになったので、鈴木某を誘いだして殺めたとか」

「なるほど」

「とどのつまり、刺客は誰なのかということに尽きましょう。そもそも、有田さまを葬りたいだけなら、武悪面をつけて公儀鬼役を名乗る必要はなかった。刺客はなんらかの理由から、義兄上に罪をかぶせようとおもった」

蔵人介に恨みをもつ者か、排斥《はいせき》したいと願っている者か、あるいは、面白半分にやったとしても、刺客が顔見知りである公算は大きい。

「おぼえがないこともない」

「え、まことですか」

「ああ。桐原新左衛門という者がおる。鬼役の新参者でな。そやつ、田宮流の遣い手らしい」

「ほう」

「肩の張ったひょろ長いからだつきをしておる」

「なるほど」

「じつは、桐原の素姓を詳しく調べさせておってな。ほら、噂をすれば影だ」

串部六郎太が、音もなくあらわれた。

串部は市之進への挨拶もそこそこに、さっそく調べあげた内容を語った。

「殿、面白いことがわかりましたぞ」

桐原新左衛門は三年前、知行《ちぎょう》三百石取りの桐原家へ婿養子として迎えられたらしかった。御家人の新左衛門が小禄とはいえ旗本の家へ迎えられた理由はひとつ、四百両の持参金があったからだ。

桐原家の当主は番方《ばんかた》を務めていたが、こともあろうに酒気を帯び、老中の行列を先導する供先に無礼をなした。下された沙汰は御役御免《おやくごめん》のうえ小普請入差控《こぶしんいりさしひかえ》、知行も六百石から半減という重い処罰を受けたばかりで、同列の旗本から婿養子に来ようとする者はなかった。

血縁の男子はおらず、廃嫡《はいちゃく》の運命を待つばかりと嘆いていたところへ、新左衛門があらわれたのである。

「桐原家は四百両という垂涎《すいぜん》の餌に釣られ、どこの馬の骨とも知れぬ御家人の倅を迎えいれました」

ところが、この馬の骨、どのような手妻《てづま》を使ったのか、跡目相続をした途端に小普請を脱し、富士見宝蔵番組頭《ほうぞうばんくみがしら》から横滑りで膳奉行となった。

富士見宝蔵番といえば天守番と並ぶ閑職だが、陰口で「家禄のある浪人者」と揶《や》揄《ゆ》される小普請よりはましだ。しかも、閑職を脱して若年寄《わかどしより》直支配の膳奉行へ転出したからには、さらなる出世をのぞめぬこともない。

「かの新左衛門、年はまだ三十の手前でござる。殿の仰ったとおり、野心旺盛な気質と所見《しょけん》いたしまする」

いかに野心があっても、世渡りは金次第。そもそも一介の御家人が四百両という持参金を手にしていたのも妙なはなしだが、旗本の当主となって役を貰うためにも、関わりのある筋へ相当な賄賂を使ったはずだ。

「串部よ、桐原は打ち出の小槌《こづち》でも携えておるのか」

「御意。金蔓を摑んでおるとしか考えられませぬな」

婿養子にはいる以前のことがはっきりしないという。御家人当時の姓は尾藤《びとう》といい、八十俵五人扶持の鳥見同心《とりみどうしん》を務めたこともある家柄と聞いたが、今となっては屋敷の所在も両親や親類縁者の有無すらも判然としない。

ただ、養子縁組の直前に籍を抜かれた妹がひとりいたという。

「妹か」

「殿、ここからさきは憶測にすぎませぬ」

「よい、言うてみよ」

「はっ」

尾藤新左衛門は旗本になる軍資金を調達すべく、妹を苦界《くがい》へ売ったのではないかと、串部は邪推《じやすい》する。

武家の娘で縹緻《きりよう》がよければ、かなりの買い値はつく。

これに御家人株をつけてやれば、数百両の金をつくることはできよう。

だが、それだけではまだ足りない。なんらかの悪事に手を染めねば、まとまった金を手にすることはできぬ。

市之進が、はたと膝を打った。

「剣術におぼえがあるなら、刺客という手がある」

蔵人介は、桐原の漏らした台詞をおもいだした。

――人の心には悪鬼羅刹が棲むと聞きます。もしかしたら、そやつにとって人斬りは、避けがたい衝動なのかもしれませぬ。

桐原のなかにも悪鬼羅刹は棲んでいる。金のためというよりも、好んで人を斬ることができる男のような気もしてきた。

「岡っ引きの辰造が申しておった。三年前に札差仲間の肝煎りだった伊勢屋庄兵衛が辻斬りに遭ったとな」

「臭いな」

「そのころから、桐原と大口屋は繋がっておったのかもしれぬ」

「立身出世のためなら手段を選ばずか。義兄上、遣り口は赦せませぬが、なにやら哀れな気もいたしますな」

「まあな。だが、桐原が下手人ときまったわけではない」

「そういえば、ひとり妙な男が有田さまの件を嗅ぎまわっております」

と、市之進は吐いた。

「妙な男」

「名は金四郎《きんしろう》。矢場《やば》に入りびたっておる遊び人でござる。御用聞きまがいのこともやっている男らしいのですが、素姓ははっきりしません。むこうから近寄ってきて、義兄上のこともそれとなく探っている様子だったので、ちと気になりましてね」

「小太りの男か」

「ええ。丸顔の人のよさそうな中年男です」

「辰造が目にしたおたまの情夫も、たしか、小太りの遊び人だったな」

「探ってみますか」

「よい、抛《ほう》っておけ」

「はあ」

金四郎よりも、おたまのことが気に掛かる。

今宵戌ノ刻五つ、蔵人介は音羽の三笠茶屋までおもむかねばならない。

おそらく、何者かの罠であろう。

だが、ここはみずから罠に嵌《は》まってみる以外に、真相を知る手だてはなさそうだ。

蔵人介はこの期《ご》におよんでも、ひとりで三笠茶屋へむかうつもりでいた。

九
邪心のないおたまの顔をみていると、あれこれ憶測したことが杞憂《きゆう》に感じられる。

戌ノ刻、蔵人介は三笠茶屋に揚がり、おたまともども奥座敷へ通された。

扇子《せんす》を揺らしながら待っていたのは、でっぷりと肥えた五十男だ。

「ようおいでなされた。手前が大口屋重右衛門にござります」

酌をする芸者も、座を盛りあげる幇間《ほうかん》もいない。

大口屋はおたまの顔をみるなり、相好《そうごう》をくずした。

「おたま、そちらが兄上さまかえ」

「はい、旦那さま」

「あまり似ておらぬようだが、血の繋がりはあるのかい」

「この世でたったふたりの兄妹にございます」

なにやら、こそばゆい感じだ。

蔵人介はわざと、垢《あか》じみた渋めの単衣を纏ってきた。おたまの用意していた付け毛と付け髭《ひげ》で人相も変え、家人にみせられた面ではないものの、存外に浪人風体がさまになっている。

「まずは、ご姓名をお訊きしましょうか」

蔵人介は質され、ぎこちなく嘘を吐いた。

「支倉蔵之介《はせくらくらのすけ》と申す。今は虫籠作りの貧乏浪人。恥ずかしながら長屋暮らしに甘んじておる」

「ほう。以前はいかほどのお旗本であられたので」

「いかほどでも、たこほどでもない。おたま、おまえの旦那はずいぶん不躾《ぶしつけ》なやつだな」

「うほほ、これは失礼いたしました」

大口屋は閉じた扇子で頭を掻き、唐突に柏手を打った。

障子がひらき、手代《てだい》風の男が袱紗《ふくさ》で覆った三方《さんぼう》を手にしてあらわれた。

蔵人介は鼻先に置かれた三方越しに、大口屋の小狡《こずる》そうな眸子を睨む。

「なんだ、これは」

「干菓子《ひがし》ですよ。お納めください」

袱紗を捲《めく》ると、二十枚ほどの小判が山積みになっている。

これを包みなおし、蔵人介は袖の奥へ捻じこんだ。

大口屋は朱羅宇《しゅラウ》の煙管《キセル》を銜《くわ》え、ぷかぷか燻《くゆ》らしはじめる。

「おたま、兄が情けないとはおもわぬのか。いっそ、侍なぞやめちまえばよかろうに」

皮肉を言われ、蔵人介は薄く笑った。

「やめられるものなら、疾《と》うにやめておるわ」

「なぜ、やめられぬのです。昨今のお侍は使いもせぬ大小を腰に差し、重そうに歩んでおられるが、刀を捨てれば身も心も軽くなるでしょうに」

悪徳商人のわりには、気の利いたことを抜かす。

蔵人介は一瞬、刀を捨てたい衝動に駆られた。身分や因襲《いんしゅう》の縛りから逃れ、気楽な田舎暮らしでもしてみたい。本気でそんなことを考えたのだ。

大口屋とは半刻ほど、どうでもよい会話を交わした。

酒もかなりすすんだころ、廊下にさきほどの手代があらわれ、駕籠の用意ができたと告げられた。帰れということなのだろう。

「文倉さま、手前はおたまと残ります。ご遠慮なさらず、駕籠をお使いください」

「すまぬ」

蔵人介は心にもない礼を告げ、奥座敷をあとにした。

外へ出ると、月が煌々と輝いている。

「いい月だ」

「へへ、仰るとおりで」

ひとりごちたつもりが、大柄な先棒《さきぼう》に返事をかえされた。

駕籠は四つ手駕籠ではなく、前後に小窓のあるあんぽつだ。

蔵人介が乗りこむと、後棒と先棒は軽快に走りだした。

「おい、どこへむかう」

「三念坂でさあ」

先棒が応じてみせる。

「酒手は大口屋の旦那にはずんでもらっておりやす。ご心配にゃおよびやせんぜ」

「おぬしら、怖くはないのか。三念坂には閻魔が出るという噂だぞ」

「辻斬りを怖がっていたら、この商売はできやせんぜ……旦那、もうすぐ三念坂のとっかかりだよ」

あんぽつは徐々にかたむき、坂道を登りはじめた。

駕籠かきどもは息も切らさず、すいすい登っていく。

「あんほう、あんほう」

威勢よく鳴きを入れる合間に、後棒が声を掛けてきた。

「てっぺんまで行きゃ、あとは奈落《ならく》の底へ落ちるだけ。へへ、地獄の一丁目まで登ってきてやったぜ」

「なんだと」

あんぽつはぐらりと揺れ、どおっと横倒しになった。

不意を衝《つ》かれたが、垂《た》れを蹴破って外へ飛びだす。

「死ね、さんぴん」

やにわに、先棒が手槍《てやり》を突きだした。

これを小脇でたばさみ、槍のけら首を握って捻る。

「うおっ」

怯んだ相手の鳩尾《みぞおち》へ、蔵人介は柄頭《つかがしら》を叩きこんだ。

る。

「うぐっ」

前のめりに倒れた先棒の背後から、すかさず、後棒が鉄の息杖《いきづえ》を振りおろしてくる。

「ふりゃ」

これを紙一重で躱し、蔵人介は国次を鞘走《さやばし》らせた。

「ぎぇっ」

白刃一閃、血飛沫が噴き、後棒は腹を深々と剔《えぐ》られた。

「こやつら」

ただの駕籠かきではない。

大口屋の放った刺客なのか。

それを確かめようと、昏倒《こんとう》させた先棒のからだを引きおこす。

「おい」

返事はない。

先棒は舌を嚙みきっていた。

月影に蒼々《あおあお》と照らしだされた坂道には、横倒しになったあんぽつと二体の屍骸が転がっている。

「莫迦め」
蔵人介は血を拭って白刃を鞘に納め、ゆっくり坂を登りはじめた。

十

亥ノ刻を過ぎ、あたりは深閑として人気もない。
涼風にざわめく葉擦《はず》れの音だけが聞こえてくる。
坂の頂上から見下ろすと、坂下から人影がひとつ登ってきた。
月光に照らされた男の輪郭は、鏡に映した自分のようでもある。
「武悪め」
人影は痩せてひょろ長く、狂言面をつけていた。
鬢跡も粗い閻魔顔、腰には長柄刀を帯びている。
ふたりは黙然と近づき、坂の途中で足を止めた。
間合いは五間（約九メートル）そこそこか、坂の勾配が気になる。
「こいつは驚いた」
面の内から、くぐもった声が漏れた。

「なんと、駕籠の客が矢背蔵人介とはな。ふっ、まあよい。ここで決着をつけるのも一興」

「意味がわからぬ。わしではなく、誰を待っていたのだ。それに、なにゆえ性懲《しょうこ》りもなく面をつけておる」

「面は座興《ざきょう》さ」

「座興」

「一度つけると癖になる。寸分のためらいもなく、人を斬ることができる」

「真の理由は別にあろう。わしに罪をなすりつける気であろうが」

「くく、どうとでもおもえ」

「桐原新左衛門、いいかげん面を取ったらどうだ」

一瞬の沈黙ののち、くぐもった笑い声が聞こえてきた。

「ふん、ばれておったか。されど、面は取れぬ。目の色を読まれては困るからな」

「目の色」

「剣を交えてみれば、すぐにわかるさ」

「おぬし、人斬りになりさがってまで金が欲しいのか」

「金も欲しい。されど、それだけではない。壁蝨《だに》掃除をしてやったまでのことよ」

「わからんな」

「有田主馬、あやつは壁蝨さ」

「三年前に殺った伊勢屋庄兵衛もか」

「ふふ、ようわかったな。そのとおりよ。伊勢屋は蔵米取りの連中に高利で金を貸しつけておった。有田主馬も伊勢屋に多額の借金をしよってな。返済を迫られたあげく、伊勢屋とは商売敵《がたき》の大口屋に泣きついた」

「つまり、伊勢屋殺しは有田主馬が大口屋に頼んだ仕掛けだったと」

「有田は筋金《すじがね》入りの悪党さ。遠山景元と勘定奉行筆頭の座を争い、重臣にばらまく賄賂はすべて大口屋が負わされる羽目になった」

大口屋も米相場などで儲けさせてもらったが、有田主馬の利用価値はやがて薄れ、邪魔な存在になった。

「それで、有田さまを殺ったのか」

「ああした壁蝨どもが生きておっては、世のためにならぬ」

「大口屋はどうだ。あやつこそ、壁蝨であろうが」

「世の中に必要な壁蝨もいる」

「都合のよいことを抜かすな。鈴木某とかいう浪人者を斬ったのもおぬしか」

「すっかり忘れておった。斬ったかもしれぬ」

「とぼけるな」

「あやつ、大口屋の周囲を嗅ぎまわっておった。おたまとつるんでな」

「おたまと」

「知らぬとは言わせぬぞ。女の正体は、疾うにばれておる」

蔵人介は不審におもいつつも、はなしのつづきを促した。

「あの女、大口屋へ近づき、まんまと妾に迎えられたまではよかったが、寝枕で伊勢屋の件を口にした。墓穴を掘ったというわけさ」

調べてみると、おたまも鈴木某も三年前の不審事を探っていた。

「まさか、鬼役のあんたまでが、遠山の手先だったとはな」

「そこがわからぬ。今宵、おぬしは誰を待っておったのだ」

「誰でもよい。大口屋が駕籠で送りこんできた相手なら、誰であろうと斬る」

ふと、おたまの身が案じられた。

「おたまは今ごろ石を抱かされ、川に沈められているところさ」

桐原は、蔵人介も密偵の仲間だとおもいこんでいる。

おおきな勘違いを演出したのは、おたまだ。

蔵人介ばかりか、大口屋と桐原をも謀《たばか》り、三念坂でわざと鬼役ふたりが対決するように仕向けた。

おたまの背後には、遠山景元の影がちらついている。

いったい、遠山の狙いはなんなのか、蔵人介は計りかねた。

「その武悪面、おぬしが打ったのか」

「さよう、面打ちもやってみればおもしろい」

「稚拙《ちせつ》な顔だな」

「あんたのようにはいかぬ」

「わしの打った武悪面を、どうやって手に入れた」

「ほ、それか。わしが大口屋に入れ知恵し、あんたのところの居候を煽らせたのさ」

面を盗んでこなければ相惚れの夕霧を身請けすると脅され、宗次郎は進退窮《きわ》まった。夕霧に心中話まで持ちかけたらしい。そして、やってはいけないことと知りながら、蔵人介の部屋へ忍びこみ、面を盗んだ。

武悪面は宗次郎から大口屋へ、さらに、刺客の桐原へと手渡されたのだ。

三年前、遠山は伊勢屋の不正を糾弾《きゅうだん》すべく、証拠固めをしていた。

その最中に、生き証人を殺された。怒り心頭に発し、伊勢屋殺しを執拗に追っていたのだろう。

「有田主馬を殺るなら、この機を利用しない手はない。わしは妙案をおもいついた。あんたさ。矢背蔵人介を窮地へ追いこめば、碩翁さまの心証はよくなるであろう」

大口屋から殺しの報酬は入るし、上手くすれば出世の手蔓を摑むこともできよう。

桐原は、一石二鳥を狙った。

「遠山にとびきりの証拠を与えてやったのだ」

と、胸を張る。

「武悪面か」

「さよう。漆を塗った面の裏には、侏儒という焼き印が押されておった。侏儒とはおそらく、あんたの号のようなもの。調べればすぐにわかる。亀吉とかいう大工見習いに、あんたの名を告げてもよかった。されど、やりすぎるとかえって遠山に怪しまれる。だから、やめておいた」

そのかわりに面を付け、長柄刀を差して居合技まで使った。

「ずいぶん念が入っておるな」

「今宵、あんたは都合よく三念坂にあらわれた。死に顔に面をつけておいてやるよ。

御勘定奉行を殺った下手人は、敢えなく辻斬りに斬られた。それで、一連の騒ぎは手仕舞いになる」

「どうかな」

「喋りすぎて咽喉が渇いた。さて」

桐原は面を付けたまま、一歩前へ踏みだした。

蔵人介は一歩後退し、相手の動きを注視する。

目から表情を読みとることができぬので、つぎの動きを予測しづらい。

なるほど、桐原の言ったとおりだ。

しかも、この男は手の内を隠している。

居合も使えるが、得意とする剣は別にあるにちがいない。

案の定、桐原は抜刀した。居合を使う気はないのだ。

本身を胸の高い位置で地面と水平に構え、先端をまっすぐにこちらの鼻面へむけている。

刃は点となり、丸い鍔しかみえない。

「小野《おの》派一刀《いつとう》流、本覚《もとさと》の構えか」

蔵人介は即座に、おのれの不利を悟った。

一刀流の必殺技は、真っ向勝負の斬りおとしである。

相手を上段に誘い、さきに仕掛けさせておいて、一瞬遅く斬りおとす。

――斬りおとそうとおもう心をも、斬りおとすべし。

と、奥義《おうぎ》にはある。

無念無想、死をも怖れず、相討ち覚悟で斬りかかるのだ。

おそらく、桐原は本覚の構えから、斬りおとしを狙ってくる。さらに、一撃で仕留められぬことを想定し、斬りおとすと同時に膝を折敷《おりし》き、剣先で咽喉を突いてくるだろう。

二段構えの必殺技、一刀流の極意にある「妙剣《みょうけん》」である。

折敷くのではなく、一連の動作を立ったままの姿勢でおこなえば、妙剣の威力は倍増する。

勾配のある坂道で下方に位置取れば、それが可能となる。

桐原が三念坂を選んだのには、格別の理由があったのだ。

逆に上方へ位置取る蔵人介は、相手の懐中へはいりにくい。

抜き際で勝負する居合が使いにくい状態にある。かといって、坂のてっぺんへ駆けもどるわけにもいかない。

「迷いがみえるぞ、矢背蔵人介」

桐原はまた一歩、じりっと近づいてきた。

「得意の居合は使えまい。さあ、どうする」

「致し方ない」

蔵人介は二尺五寸の国次を抜いた。

「な、抜くのか」

面の内に、わずかな動揺が走った。

抜いてしまえば、居合ではなくなる。

蔵人介は、ふっと笑みすら浮かべた。

「一刀は万刀《ばんとう》と化し、万刀は一刀に帰《き》する。それが一刀流の理合《りあい》と聞く。必殺の斬りおとし、とくと拝見させてもらおうか」

「なれば、まいるぞ。けえぃ……っ」

桐原は突きかかり、上段へ誘ってきた。

蔵人介は、わざと誘いに乗った。

双手で握った刀身を振りかぶり、猛然と相手の脳天へ打ちおろす。

「もらった」

叫んだのは、桐原のほうだ。
――がつっ。
頭上に火花が散った。
鎬《しのぎ》で鎬を弾かれ、国次の本身が脇へ吹っ飛ぶ。
刹那、必殺の斬りおとしがきた。
殺られる。
――がしっ。
桐原の一撃を、八寸の刃が受けとめた。
蔵人介はいつの間にか、長柄に仕込んだ刃を握っていたのだ。
「姑息な」
すかさず、咽喉を狙った突きがくる。
蔵人介は身を捻り、大きく仰けぞった。
ずばっと胸を裂かれつつも、八寸の刃を投擲する。
至近で放たれた刃の先端は、武悪の眉間に突きたった。
木曾檜の面が左右に割れ、桐原の蒼白な顔が露《あら》わになる。
目の焦点が定まっていない。まるで、死人の顔だった。

「……くく、つぎはどうする」

額から流れる血を嘗め、桐原は右八相に構えた。

蔵人介は、低い姿勢から脇差を抜きはなつ。

抜くやいなや、刃風が唸り、脇差を宙へ弾かれた。

もはや、手にできる武器はない。

「ふふ、冥府《めいふ》へ……ゆ、逝け」

一瞬、桐原のからだがふらついた。

額を割られたせいか、それとも、血が目にはいったのか。

「やっ」

蔵人介は間隙を逃さず、死に身で懐中へ飛びこんだ。

無我夢中で桐原の脇差を抜きとり、剔るように薙《な》ぎあげる。

「うぐっ」

白い咽喉笛がぱっくり裂け、生温かい血が蔵人介の顔に降りかかってきた。

桐原は海老反りになり、頭を地に叩きつけるや、坂道を転げおちていく。

魔物を斬った興奮の余韻《よいん》が、いつまでも消えずに残っていた。

笹叢に何者かの気配を察し、蔵人介は拾いあげた長柄刀を翳《かざ》す。

「誰だ」

「おっと、刀を納めてくれ」

笹叢から顔を出したのは、小太りの中年男だ。

網目に伊勢海老の搦めとられた派手な浴衣を纏っている。

どこかで遭ったことがあるような、そんな気もする。

よほど肝っ玉が太いのか、男は剣先をむけられても笑っていた。

が、目だけは笑っていない。こちらの心を見透かすような、油断のならない眼差しだ。

「胸を斬られたな。金瘡《きず》の塩梅《あんばい》はどうでえ」

「たいしたことはない」

「ほれよ」

男は、ぽんと竹筒を抛ってよこす。

「竹瀝《ちくれき》さ。どくだみの葉にでも塗って貼っつけておくんだな」

竹瀝は化膿《かのう》止めの特効薬になる。

してみると、敵ではなさそうだ。

「おれは金四郎、怪しいもんじゃねえ」

「どっちを跟《つ》けた。わしか、それとも、屍骸になった男か」

「跟けちゃいねえよ。三念坂で閻魔を待っていただけさ」

「なぜ」

「勘定奉行の有田主馬を斬ったのは、ふたりの鬼役のうちのどっちかだ。そいつを見極めようとおもってな」

「それで」

「おめえさんへの疑いは晴れた」

「おぬし、御用聞きか」

「気がむきゃ凶事に首を突っこむこともある。ただの遊び人さ。おたまの知りあいでね」

「なるほど。おぬしか、おたまの情夫というのは」

「岡っ引きの辰造あたりがほざいたんだろうが、そいつはとんだ勘ちげえだ。おたまとおれは、そんな間柄じゃねえ」

　唐突に、神楽坂で鼻緒が切れたときの情景が浮かんだ。

「おぬし……もしや、あのときの」

「へへ、やっとおもいだしたかい。鼻緒は切れたが、運は繋がった。ま、よかったじゃねえか、なあ」

「おたまを、わざと近づけさせたな」

「ま、そういうこった」

「わしを嵌めたのか」

「怒りなさんなって。おかげで悪党の正体がはっきりしたんだぜ」

「悪党はまだ残っておるぞ」

「大口屋重右衛門かい。明日になりゃ、伝馬町の牢屋敷さ」

蔵人介は眉を顰めた。

金四郎の正体を計りかねたのだ。

「わしは桐原新左衛門を斬った。おぬしが番屋に走れば、わしも縄を打たれよう」

「へへ、そうだな。おれはこうみえても、逃げ足だけは速えぜ」

「どうする」

「心配《しんぺ》えすんな。悪党の屍骸なんざ、山狗に食われちまえばいい」

「金四郎とやら、ひとつ訊きたいことがある」

「なんでえ」

「おたまは無事か」

「ふっ、気になんのかい」

「ああ」

「無事だよ。あれは、ただの女じゃねえ」

蔵人介が胸を撫でおろすと、金四郎は人懐っこそうに笑いかけてきた。

「あんたにしてみりゃ、とんだ災難だったな」

「まったくだ」

「でもよ、あんたにも罪がねえわけじゃねえ」

「なんだと」

「遠山さまからご伝言がある。聞くかい」

「おう、言ってみろ」

「綺麗な花にゃ棘《とげ》がある。気をつけたほうがいい、だとよ」

「なるほど、肝に銘じておこう」

「あばよ」

金四郎はくるっと背をむけ、三念坂を登りはじめた。

こやつ、斬るか。

肩に力を入れた途端、胸に痛みが走った。

蔵人介は月を背負い、坂をゆっくり下りはじめる。

ふと、何をおもったか、足を止めて振りかえった。

「金四郎か……まさかな」

ひとりごち、ふたたび、坂を下りはじめた。

流転茄子《るてんなす》

一

　神無月の朔日《ついたち》は茶人正月、数寄屋橋にある『遊楽亭《ゆうらくてい》』の庭に築かれた草庵《そうあん》では、茶壺の口を切って新茶を供する口切りの茶会が催される。

　暦のうえでは立冬《りっとう》という季節だけあって、早朝の風は冷たい。

　蔵人介は枯松葉の敷きつめられた露地庭をたどり、真紅《しんく》に彩られた満天星《どうだん》の垣根を眺めながら萱《かや》門をくぐった。

　蹲踞《つくばい》に張った薄氷を割って手を浄め、侘《わ》びた風情の草庵へ躙口《にじりぐち》から身を入れる。

　正面には軸《じく》の飾られた床、中央の炉《ろ》を挟んで右手に客畳、左手に点前《てまえ》畳、躙口側と客畳の背に下地《したじ》窓が穿《うが》たれてあるものの、室内は薄暗い。利休《りきゅう》好みの又隠《ゆういん》である。

すでに、先客がひとり座っていた。

福々《ふくぶく》しい顔つきの五十男で、かつては将軍家の留柄《とめがら》でもあった松葉散らしの小紋を羽織っている。

「これはこれはお殿さま、手前が亭主の万蔵《まんぞう》にござります。朝早《はよ》うからお寒いなかをご足労いただき、申しわけございません」

謝られる筋合いはない。

万蔵に草庵の一日主人を任された養母の志乃から「朝一番で来るように」と命じられ、こうして足をはこんだまでのことだ。

ひと足さきに着いた志乃は仕度を済ませ、点前畳に端座している。

いつもながら、すっと背筋が伸びていた。

身に纏う着物は茶がかった渋めの色地に雪持南天《ゆきもちなんてん》の柄を染めた留袖。おそらく、衣裳簞笥の奥から引っぱりだしてきた高価な代物であろう。

茶の湯といえば、江戸の初期ごろまでは武家男子のものだったが、奥女中や大名の妻女が公然と嗜《たしな》むようになってからは、市井《しせい》に暮らす女たちのあいだにも普及していった。裏千家《うらせんけ》の御墨付きはなくとも、町には「茶道指南」という看板を掲げた女師匠があたりまえのように暮らしている。

志乃は看板を掲げているわけではなかったが、ひとかどの茶人であり、茶道を嗜む連中のあいだでは「お師匠さま」と仰がれていた。評判は女中奉公の娘たちの口から口へと伝わり、愛娘に茶の作法を習わせたいと申してる商家もあるほどだ。

「大奥さまのお点《た》てになられた口切りの、しかも一番茶をいただく栄誉に与《あずか》るとはまことにありがたいかぎり。万蔵は果報者《かほうもの》にござりますよ」

遊楽亭の客筋は大大名の留守居から高家《こうけ》の当主まで、一流どころと聞いていた。それだけの客をそつなく接待する人物が、貧乏旗本の女隠居をもちあげている。満更《まんざら》、社交辞令でもなさそうだ。

養母の点てた茶は、千代田城に屯《たむろ》する数寄屋坊主が点てた茶よりも遥かに美味い。

志乃は微笑みながら小刀を握り、真新しい茶壺の口封を切った。

蔵人介もこの養母に茶の作法を教わったのだ。

簡単なようでいて、これがけっこう難しい。

茶器や茶道具にいたっては奥が深すぎ、かえって深入りしないように心懸けている。

人の欲には際限がないと、志乃は寂しげに笑った。

茶器や茶道具にのめりこんでしまえば、身を滅ぼしかねないことは承知している。もっとも、蔵人介はたかだか二百俵取りの膳奉行、骨董趣味に走る余裕なぞこれっぽっちもありはしない。

その点、隣に座る遊楽亭の亭主はちがう。茶道具集めが高じて自邸内に草庵まで築いた。自他共にみとめる数寄者《すきしゃ》、道具の目利きでもある。

炉に置かれた平釜《ひらがま》からは、白い湯気があがりはじめていた。

茶人にとって一年でもっとも大切な今日、万蔵が志乃に草庵の主人を依頼した背景には格別な理由がある。

ほかでもない、狙いは湯気を立てている平釜だった。

蔵人介にしてみれば見馴れた釜だが、矢背家に代々伝わるという茶釜を、志乃はこの日のために持参した。万蔵が人伝に聞き、是非一度拝見させてほしいと三顧《さんこ》の礼で草庵に迎えた釜なのだ。

「聞きしにまさる異体《いてい》の平釜。いや、すばらしい」

と漏らしたきり、万蔵は垂涎の面持ちで食い入るように茶釜を眺めた。

志乃は悪戯好きの小娘のように微笑む。

「亭主どの、由緒ある平釜ですよ」

「そうでしょうとも」

「祖父に聞かされたはなしによれば、これは松永弾正久秀《まつながだんじょうひさひで》の平蜘蛛《ひらぐも》だそうです」

あっさり吐きすて、志乃はぺろっと舌を出した。

万蔵は身を強張《こわば》らせ、額に膏汗《あぶらあせ》まで滲ませている。

「ほほほ、ご亭主。戯れ言を真《ま》に受けられましたか」

「戯れ言どころか、大奥さま、これは……ま、まことの平蜘蛛かもしれませぬぞ」

「ありえません」

きっぱりと否定する志乃の顔が、いくぶん引きつったやにみえた。

蔵人介も「平蜘蛛」の逸話なら知っている。

松永弾正久秀は足利幕府第十三代将軍義輝《よしてる》を謀殺《ぼうさつ》した奸臣《かんしん》、奈良《なら》の大仏殿に火を放った仏敵《ぶってき》でもあった。一方で茶道具に関しては目利きとして知られ、将軍家所有の七珍万宝《しっちんまんぽう》を奪い、あるいは、市井に出まわった逸品をあまねく買いあつめ、それらを織田《おだ》信長に献上することによって命を長らえた。

「されども、ついに平蜘蛛だけは手放さなんだ」

万蔵は、遠い目で由来を語りつづける。

「これひとつで大和《やまと》一国と同等以上の価値があるといわれた名物茶釜。信長公に差しだせば謀反を赦すとまで約されていたにもかかわらず、弾正久秀は平蜘蛛を腹に抱いて爆死する道を選んだといわれております」

久秀は織田軍が石山本願寺《いしやまほんがんじ》攻めの最中、天王寺砦《てんのうじとりで》にて反旗を翻した。直後、籠城《ろうじょう》におよんだ信貴山《しぎさん》城を包囲されたとき、信長の再三にわたる所望にも応じず、平蜘蛛をみずからの五体ともども爆薬で粉微塵にしてみせた。

それが今から二百五十年余りまえの十月十日、奇《く》しくも久秀が大仏殿に火をかけたのと同日であったと聞き、蔵人介は唸った。

志乃は気にも掛けず、平釜の蓋《ふた》を取り、手柄杓《てびしやく》で湯を掬《すく》った。

天目茶碗《てんもく》に湯を注いで温め、湯切りをする。

茶杓で新茶を掬って落とし、湯を注いでから茶筅《ちやせん》で泡立てる。

落ちついた物腰には一分の隙もなく、所作は流れるようにすすむ。

差しだされた天目茶碗を手に取るや、万蔵はずずっと一気に啜った。

「ほっ、見事なお点前にございます」

重厚に発する声は、さすがに草庵を司る亭主のものだ。

志乃はにっこり微笑み、つぎの仕度にはいる。

そのあいだも、万蔵は平釜を穴があくほど眺めている。

目つきが尋常でないなと、蔵人介はおもった。

世に存在しないはずの平蜘蛛が、じつは矢背家に遺されていた。

洛北に棲む八瀬童子は天皇家の影法師、ともいう。禁裏《きんり》に関わりをもつ矢背家の由来を知れば、万蔵の確信はより深まることだろう。

「大奥さま、下世話《げせわ》なことをお訊きしてもよろしいですか」

「ええ、どうぞ」

「この茶釜を千両で譲ってほしいと申しこまれたら、どうなされます」

「お断りいたします」

「三千両では」

「三千両ねえ。やっぱり、お断りするしかないでしょう」

「さようですか」

万蔵の溜息が聞こえてくる。

平然と応じる志乃の顔を、蔵人介はまじまじとみつめた。

たかが茶道具ひとつに三千両、こんなうまいはなしは稀にもない。

矢背家の台所事情は、けっして楽ではないのだ。

万蔵が欲しいというのなら、即座に手放すべきではないのか。

「養母上《ははうえ》」

余計なことを口走りそうになり、蔵人介は口を噤《つぐ》んだ。

志乃が絶妙の間合いで振りむき、天目茶碗を差しだした。

二

五日は達磨大師の忌日、蔵人介は縁側の日だまりであんころ餅を頬ばった。

幸恵の淹れてくれた焙じ茶を、ごくんと呑む。

腹が膨れた途端、眠くなってきた。

草庵の記憶は薄れかけ、時雨の合間にぽっとあらわれた陽気が眠気を誘う。

微睡《まどろ》みかけたところへ、幸恵の声が掛かった。

「お目覚めください。お義母《かあ》さまがお呼びですよ」

「仏間か」

「はい」

「やれやれ」

抹香臭い八帖間へ呼びつけられるときは、小言を言われるか、厄介事を頼まれるかのどちらかだ。

「さ、はやく」

急きたてる幸恵は、なにやら楽しそうだ。

夫が姑に無理難題を押しつけられるのが、それほど楽しいのだろうか。

不愉快な気持ちにさせられつつも、重い足を引きずった。

案の定、部屋を訪ねてみると、志乃が困った顔で待ちかまえている。

「お座りなされ」

「はあ」

「お茶でも点てましょう」

「いいえ、結構です。どうなされました」

「それがね」

弾正久秀に関わりのあるはなしと聞き、蔵人介は平蜘蛛のことを想起した。

「ははあ。遊楽亭の亭主に、あれを譲ってくれと拝まれましたか」

それなら、おもいきって売っ払えばいいと言いかけ、ことばを呑みこむ。

「平釜のことではありません」

志乃はきっぱり言いきった。

「じつは、宗次郎どののことです」

「あの居候、またよからぬことをしでかしましたか」

「いいえ、わたくしがいけなかったのです」

「養母上、詳しくお聞かせください」

「なれば」

志乃は三月ほどまえ、宗次郎から古びた桐箱に納められた茶入を預かった。

箱書きはなかったものの、現物を拝見させてもらったところ、掌に載るほどの矮《わい》小《しょう》な品だが、形《なり》、比《ころ》、様子、どれをとっても一級品とおもわれる茄子《なす》の茶入であった。

「蔵人介どの、つくも茄子はご存じですか」

「ええ、まあ」

茶道具に造詣が深くない者でも、名称だけは聞いたことがあろう。

古人天下一の名物と評された茄子の茶入だ。

唐《から》渡りのこの逸品にまず目をつけたのは、室町前期に活躍した婆娑羅《ばさら》大名の傑物佐々木道誉《ささきどうよ》である。道誉から足利義満《あしかがよしみつ》の手に渡り、孫の義政《よしまさ》の代になって東山御《ひがしやまぎょ》物《ぶつ》のひとつに選ばれた。

東山御物とは、義政が目利きとして知られた同朋衆《どうぼうしゆう》の能阿弥《のうあみ》に命じ、対明《みん》貿易の舶来品《はくらいひん》などから特別に選定させた逸品の数々をさす。千利休《せんのりきゆう》の愛弟子だった山上宗二《やまのうえそうじ》の日記によれば、足利幕府崩壊により散逸《さんいつ》した品々のなかでも、著名なつくも茄子の遍歴《へんれき》だけはたどることができるという。

越前《えちぜん》の朝倉《あさくら》氏に五百貫目《かんめ》で買われ、ときをおかず、越前府中《ふちゆう》の小袖屋へ千貫目で売却された。さらには一向一揆《いっこういっき》の難を逃れるべく、小袖屋が京の袋屋へ預けていたところ、唾をつけたのが松永弾正久秀であった。

久秀に二十有余年も愛玩されたのち、つくも茄子は信長に献上され、その替わりに久秀は大和一国を安堵された。すなわち、掌に載るほどの小さな茶入ひとつで一国を与えられたのだ。

さらに、つくも茄子の数奇な運命はつづく。

信長とともに本能寺《ほんのうじ》で焼け、秀吉の必死の探索によって焼け跡からみつけだされた。そして三十三年後、大坂《おおさか》夏の陣で焼失した大坂城の焼け跡から再度掘りだされ、二度の災禍《さいか》を免れたのち、徳川家の宝物となったのだ。

「まさか、宗次郎がつくも茄子を所持しておったと」

「理由は判じかねますが、おそらく、そうであろうとおもわれます」

ありえないはなしではない。なにしろ、宗次郎は西ノ丸に依拠する嗣子《しし》家慶の嫡子かもしれぬ人物なのだ。秘された血筋を証明するために、何者かが嬰児《みどりご》につくも茄子を抱かせたとも考えられる。

宗次郎の素姓を知る蔵人介の鼓動《こどう》は、早鐘《はやがね》を打ちはじめた。

一方、素姓を聞かされていない志乃は、困惑気味につづける。

「もしかしたら似非物《えせもの》かもしれませぬが、どちらにしても、他人の目に触れさせてはならぬ逸品です。遊楽亭のご亭主などにとっては垂涎の品に映るでしょうから」

それを三日前、宗次郎に返してほしいと請われ、断る理由もないので返してしまった。後で知ったことだが、宗次郎は茄子の茶入を手にしたその足で、怪しげな古物商を訪ねたらしい。おおかた、夕霧と遊ぶ金ほしさに、天下にふたつとない茶入を売ったか、質入れしてしまったのだろう。

「それをおもうと、寝覚めがわるくて」

志乃は眸子に涙すら浮かべ、ごほごほ咳きこんでみせる。

これはもう、古物商と掛けあってほしいと、懇願されているようなものだ。

蔵人介は溜息を吐いた。

掛けあうのが面倒なのではなく、宗次郎の浅はかな行為がもどかしく、腹立たしいのである。

「わたくしが返せぬと突っぱねてしまえばよかったのです」

「養母上のせいではありませんよ」

「余計なことをお願いして、すみませんねえ」

「ご心配なされますな。茄子はかならず取りかえして進ぜましょう」

ぽんと胸を叩いたものの、勝算があるわけではない。

とりあえず、串部に様子を窺わせてみるしかあるまい。

策を立てるのは、それからだ。

三

日没となり、串部が影のようにあらわれた。

障子のむこうに気配を察し、蔵人介は書見台《しょけんだい》を脇へ押しやる。

「はいれ」

「失礼つかまつる」

障子がひらき、蟹のような体軀の男が膝を滑らせてきた。

「お邪魔でしたか」

「いいや、韓非子《かんびし》を読んでいたところよ」

「それはまた、難しい書物をお読みで」

「なあに、どこにでもある教訓説話さ。たとえば、君主が破滅に至る十過のひとつにこうある。貪欲《どんよく》強情にして利を喜ぶは、すなわち国を滅ぼし身を殺すの本なり」

「やはり、よくわかりませんな」

「要するに、人間欲を掻くと、ろくなことはないという教えさ」

「なるほど、それならわかります」

「で、どうだった」

「は、宗次郎どのは茄子の茶入を古物商に百両で売ったそうです」

「うん、それで」

「殿のご意向どおり、買いもどしたいと談じたところ、すでに売ったと申します。売ったさきは口が裂けても言えぬと抜かすので、ふふ、古物商の口に両手を突っこみ、こうやって力任せに引っぱってやりました」

「吐いたのか」

「ええ、奥高家《おくこうけ》の宮瀬《みやせ》左兵衛督《さひょうえのかみ》さまへ、その日のうちに売ったそうです」

奥高家とは名族の子孫のみが取りたてられる旗本最上位の役職、禁裏に関わる儀礼や交渉事をおこなう。老中の直支配で職禄は千五百石高、当主は乗輿《じょうよ》と白無垢の着用を許された。

宮瀬家といえばかなりの資産家、当主である左兵衛督友乗《とものり》の骨董趣味はよく知られている。

「殿、古物商が茶入をいくらで売ったとおもわれます。なんと千両ですぞ」

左兵衛督は茶入が他人の手に渡らぬよう、即金で購入していた。

「さようか」

「あまり驚かれませぬな」

「養母上の仰るとおり、それがつくも茄子だとすれば、桁がひとつちがう」

「へへえ。拙者にはからきし理解ができませぬが、それほどのものですか」

「ふむ。ところで、古物商の処断はいかがした」

「は。百両で仕入れた品をその日に千両で売るとは言語道断、白洲へ突きだすぞと脅したところ、儲けたぶんの金を差しだすので、左兵衛督さまとは直談判してほしいとのこと」

「首肯《しゅこう》したのか」

「いけませんでしたか」

串部は平然と嘯《うそぶ》き、勝手口のほうへ柏手を打った。

前垂れの小僧がひとり、千両箱を重そうに抱えてあらわれた。

串部は無防備にも、古物商の小僧に千両箱を運ばせたのだ。

「殿、宗次郎どのに渡った百両を除いたぶん、九百両がこれにござります」

串部は胸を張ってみせるが、茶入を買いもどすとなれば、かなりの金額を要求されるにきまっている。それになによりも、買いもどしに応じてもらえるかどうか。

「困ったな」

「大奥さまにご相談なされたらいかがです」

口惜しいが、串部の言うとおりにするしかない。

さっそく、蔵人介は仏間へ足をむけた。

志乃は、微動だにもせずに待っていた。

「ご首尾はいかがでしたか」

「ひとあし遅かったようです」

「それは残念。ご購入なすったお相手は」

「奥高家の宮瀬左兵衛督さま」

「何と、よりによって宮瀬さまとは」

相手がわるすぎるとでも言いたげに、志乃は溜息を吐いた。

「養母上、宮瀬さまとはご面識がおありですか」

「面識どころか、板の間で勝負したことがござります」

「何ですと」

「かれこれ、四十年もむかしのはなしですよ」

旗本のなかでも最高位を誇る奥高家だが、宮瀬家は女々しい家柄と陰口を叩かれていた。そうした噂を払拭《ふっしょく》すべく、宮瀬友乗は剣術修行に打ちこみ、鏡心明智流《きょうしんめいち》を極めたひとかどの剣士になった。

周囲に遠慮があったことも手伝い、一時期、宮瀬は向かうところ敵なしと持ちあげられるまでになったという。

ちょうどそこへ、雄藩の奥向きへ薙刀《なぎなた》を指南する別式女《べっしきめ》の噂が立った。

女だてらに薙刀を軽々と操り、板の間で藩の剣術師範役を打ちまかしてしまった。

それを皮切りに、名のある道場の猛者《もさ》たちから申しあいを挑まれ、つぎつぎに打ちまかしてしまったとか。

薙刀と刀とでは二段の差があるといわれているものの、相手は女である。たかが女ひとりにその体《てい》たらくはなんだとでも言わんばかりに、宮瀬が新たな挑戦者として名乗りをあげた。

言うまでもなく、別式女とは志乃のことだ。

申しあいは、鏡心明智流の総本山として知られる南八丁堀《みなみはっちょうぼり》の士学館《しがくかん》でおこなわれた。木製の薙刀と木刀の一本勝負、勝敗が決した後は遺恨をのこさぬという条件だ。

両者とも長袴を穿《は》き、爪先をみせぬように板の間を滑った。

つかのま、門人たちは華麗な舞いをみせられたが、勝負は呆気ないほど簡単についてしまったという。

志乃は臑を刈るとみせかけ、素早く反転させた石突きで宮瀬の頬を打擲《ちょうちゃく》したのだ。

宮瀬は一撃で頬骨を折られ、昏倒してしまった。

満座で恥を掻かされた恨みは、容易に消えるものではない。

相手が女ならば尚更《なおさら》のことだ。

爾来《じらい》、宮瀬は道場へすがたをみせなくなった。

一方、志乃も別式女の役を辞し、その日以降、板の間で勝負をすることは二度となかった。

「若気《わかげ》のいたり、恥ずかしいおはなしです」

両者がまみえたのは一度きりとはいえ、たがいにとっては鮮烈な思い出だろう。

宮瀬が「矢背志乃」という名を聞けば、頰骨の古傷が疼くにちがいない。

「正面から談じても、つくも茄子を返してはくれぬでしょう」

「養母上、何か方策でもおありですか」

「ないこともありませんが、こればかりはやってみないことには」

「どのような方策です」

志乃はしばらく黙りこみ、意を決したように顔をあげた。

「その九百両に平釜をおつけしましょう」

「え」

「余分なお金もありませんし、それ以外に方策がおありですか」

「されど、あれは弾正久秀の平蜘蛛かもしれぬという逸品」

「いかにも。わたくしが遊楽亭のご亭主に申しあげたことは戯れ言ではありませぬよ」

「やはり」

奸智《かんち》に長《た》けた久秀は晩年、いかにして信長を葬るかのただ一点におもいをめぐらせていた。毛利の庇護《ひご》下にあった足利幕府第十五代将軍義昭《よしあき》と秘かに共謀して描いた戦略は、石山本願寺、甲斐《かい》の武田勝頼《たけだかつより》、安芸《あき》の毛利輝元《もうりてるもと》、相模《さがみ》の北条氏政《うじまさ》、さらには越後《えちご》の上杉謙信《うえすぎけんしん》を結びつけ、堅固《けんご》な信長包囲網を築くというものだ。

しかし、織田軍の翼下にあって裏切りを煽動《せんどう》する久秀は信頼に欠ける。大名たちは連繋《れんけい》に二の足を踏んだ。

そうしたさなか、上杉謙信からひとつの提案がもちこまれた。信長討伐に関して「禁裏の御墨付きを得よ」という内容である。

そこで登場したのが平蜘蛛だった。

久秀は正親町《おおぎまち》天皇の歓心を買うべく、秘蔵の平蜘蛛を手放す覚悟を決めたのだ。

矢背の先祖は平蜘蛛を受けとり、禁裏へ無事に届ける役目を託された。茶釜を手渡された時期は、久秀が謀反を決した天王寺砦においてであった。

信長すら手にできなかった異体の茶釜は、久秀と命運をともにしたのではなく、戦火を逃れて禁裏へもたらされたのである。時や遅し、正親町天皇は久秀との約《やく》定《じょう》を反故《ほご》にし、すべてを忘却する証《あか》しでもあるかのように、平蜘蛛を破棄せよと命じられた。

志乃によれば、先祖は御命を聞かず、これを大切に保管し、代々の家宝とするようになったというのだ。

「養母上、さような由緒のある平蜘蛛を手放すのは、いかにも口惜しいですな」

「致し方ありませぬ。つくも茄子を取りかえすためなら、こちらも血を流す覚悟がいりましょう」

志乃の青褪《あおざ》めた顔をみるにつけ、難事の原因をつくった宗次郎が恨めしくおもわれてくる。宮瀬家へ出向くまえに、厄介至極《やっかいしごく》な居候をこってり絞っておかねばなと、蔵人介はおもった。

四

面壁《めんぺき》九年ののちに手足を無くした達磨ではないが、蔵人介は壁にむかって瞑目《めいもく》し、居候の帰りを待っていた。

日付も変わり、宗次郎がこそ泥のように忍んできたのは、丑《うし》ノ上刻《じょうこく》（午前一時）を過ぎたころのことだ。

蔵人介は、廊下の跫音《あしおと》に耳をそばだてた。

すっと腰をあげ、音も起てずに障子をあける。

外廊下に一歩踏みだし、低い声で呼びかけた。

「おい、居候」

廊下を渡りきろうとしていた宗次郎は、肩を吊りあげた恰好で固まった。

「ちとはなしがある、こっちへ来い」

有無を言わせぬ調子で言いはなつと、宗次郎は半笑いの赭ら顔をこちらにむけた。

女形《おんながた》にしてもよいほどの端整な面立ちだが、酒を啖《くら》うと頰と鼻の頭が赤くなる。

「みっともない面だな」

吉原一の花魁はどうしてこんな甲斐性《かいしょう》なしの若僧を好きになったのか、蔵人介は首を捻りたい気分だった。

宗次郎は奴凧《やっこだこ》のように廊下を渡り、蔵人介の部屋へ招じられた。

「まあ、そこに座れ」

「はあ」

いつでも逃げだせるように、宗次郎は障子のそばに座る。

蔵人介は床柱を背にして端座し、厳めしく襟を正した。

「この五日ばかり、ずいぶん派手に遊んでおるようだな」

「はあ」

「金を湯水のごとく浪費しておるのであろう」

「はあ」

「はあしか言えんのか」

「はあ」

とりつく島がない。

蔵人介はしかし、実父ではないので、殴ったり怒鳴ったりすることもできない。

その気もないので「出ていけ」と、啖呵《たんか》を切るわけにもいかなかった。

「おぬし、茄子の茶入を古物商に売ったな」

「はあ」

「古物商はそれをいくらで売ったとおもう。千両だぞ」

宗次郎は眉ひとつ動かさず、ぼうっと宙をみつめている。

「おい、なんとか言ったらどうだ」

「所詮、金は金、物は物、百両も千両もおなじことです」

さらりと言ってのけ、欠伸《あくび》を嚙みころす。

蔵人介は膝を乗りだしつつも、ぐっと怒りをこらえた。

「おぬし、あの茶入がつくも茄子と知っておったのか」

「高価なものとは察しておりましたよ」

「そもそも、あれをどうしたのだ」

「はて。誰か親切な方が捨て子に抱かせたのでしょう」

「捨て子とは」

「わたしのことでございます。ご存じありませんでしたか」

「知らぬ」

「わたしは捨て子。望月のお殿さまが拾ってくれたのでございます」

「捨て子だからというて、拗《す》ね者になってもよいという道理はないぞ」

「捨て子でなくとも、悪所通いはつづけていたとおもいますけど」

「生意気な口をきくな」

叱責すると、宗次郎はむっつり黙りこんだ。

蔵人介は構わず、たたみかける。

「養母上は茄子の茶入を是が非でも取りかえすつもりでおるぞ。みずからの血を流

「この」

してでもな」

「血を流すとは」

宗次郎がはじめて、真正面からこちらをみた。

充血した眸子《まなこ》に敵意のようなものが宿っている。

「血を流すというても、刃で傷つけるのではない。矢背家伝来の平釜と交換に、つくも茄子を返してもらうのさ」

「あの平釜をですか」

「価値がわかるのか」

「志乃さまにお説きいただきましたゆえ」

「ほう、養母上とそのようなはなしをのう」

意外だった。

志乃とは胸襟《きょうきん》をひらいてはなしあえる間柄なのか。

宗次郎は目を伏せながらも、ぼそっと訊いてくる。

「古物商が売った相手とは誰です」

「それを聞いてどうする」

「別に」

「教えてやる。茶入を買ったのは、奥高家の宮瀬左兵衛督さまだ」

「宮瀬左兵衛督」

宗次郎は噛みしめるようにつぶやき、じっと畳をみつめている。

蔵人介は話題を変えた。

「おぬし、花魁の夕霧をどうするつもりだ」

「どうするとは」

「刹那の快楽を得る。それだけが男女の交わりではあるまい」

「相手は遊女でござる。何をどうするなぞと考えたこともありません」

「この、大莫迦者が」

蔵人介は、刃をむけるほどの勢いで大喝《だいかつ》した。

「遊女の幸せは好いた男に身請けされ、町屋の女房になることであろうが。夕霧もきっと本心ではそれを願っているはず。なれど、おぬしには身請けする甲斐性もない。傷の浅いうちに別れてやるべきではないのか」

一気に捲《まく》したてると、宗次郎はつんと口を尖らせた。

「鬼役どの」

「なんだ、あらたまって」

「今のままでは、夕霧が傷つくと仰るのですか」

「好いた男と添いとげられぬ。そうおもえば、好いているぶんだけ苦しみも増す。苦しみから逃れたいと願い、いっそ死にたいなぞと考えてしまうのがおちだ」

「叶わぬ恋の道行き、たどりつくさきは心中ですか。鬼役どのは、たいそう芝居がお好きとみえる」

「嫌いではないな」

「戯作《げさく》の読みすぎでは。男女のことなぞ、何ひとつわかっておられぬ」

鋭く睨まれ、蔵人介はぐっとことばに詰まった。

間髪を容れず、宗次郎は腰をあげる。

「ご用事がお済みなら、失礼いたします」

「退がるがよい」

石を呑みこんだような顔で吐き、蔵人介は宗次郎の背中を見送った。

居候の言うとおり、自分は男女のことなぞ何ひとつわかっていないのだろうか。

機会があったら夕霧に逢い、じっくりはなしを聞いてみたいものだ。

厄介者の居候を説諭するつもりが、中途半端なかたちで終わってしまった。

やはり、宗次郎の血筋にたいする遠慮があったのだろう。

「小心者《しょうしんもの》だな、わしも」

蔵人介は、自嘲するようにつぶやいた。

五

宮瀬左兵衛督の屋敷は、愛宕下《あたご》にあった。

大路に居並ぶ大名屋敷とくらべても見劣りしないほどのもので、棟門には六尺棒をもった門番が控えている。

蔵人介は、堂々と名乗った。

「拙者は御膳奉行の矢背蔵人介。左兵衛督さまはご在宅であられるか」

「は、どのようなご用向きにござりましょう」

「じつは左兵衛督さまにご覧いただきたく、先祖伝来の茶釜を携えてまいった」

「先祖伝来の茶釜を」

なんのことやら判じかね、目をまるくする門番にむかって、蔵人介はにたりと微笑む。

「平蜘蛛とお伝えいただければ、おわかりになられるはず」

「平蜘蛛でござりますね」

「さよう」

「門前にてお待ちいただいてもよろしゅうござりますか」

「いっこうに構わぬ」

門番は踵《きびす》を返し、脱兎《だっと》のごとく駆けだした。

「殿、先様は逢ってくれましょうかね」

従者の串部は風呂敷に包んだ平釜を携え、心配そうに訊いてくる。

蔵人介は無表情に応えた。

「五分五分だな」

「先様は敷居の高い奥高家。なにやら緊張いたしますな」

「ふだんどおりにしておればよいさ」

やがて、用人らしき大柄な人物があらわれた。

「拙者、用人頭の橋爪陣九郎《はしづめじんくろう》と申します。さ、こちらへ、ご案内いたしましょう」

橋爪は慇懃《いんぎん》な態度で告げると、大股で表口へむかう。

蔵人介と串部は黙然としたがった。

履物を脱いで長い廊下を渡り、手入れの行き届いた中庭を眺めながら、足早に従っいていく。

「こちらで、しばしお待ちを」

十帖はある殺風景な奥座敷へ案内され、ふたりは主人の左兵衛督が来るのを待った。

「殿、ひとつお訊きしても」

「なんだ」

「この茶釜と茄子の茶入、売りに出せばいずれに軍配があがりましょうや」

「はてさて、難問じゃな。それは買い手の好みにもよる。茶釜が欲しいか、茶入が欲しいか、それによってな」

「殿はどちらでござりましょう」

「ふうむ、平蜘蛛かな」

持ち主ともども、砕け散ったという逸話がおもしろい。

信長という絶対権力者に抗うように散ったとされながらも、じつは現存していたのだ。

「さりとて、つくも茄子も捨てがたい」

二度の災禍をくぐりぬけた強運にあやかりたい気持ちもある。

つまるところ、誰しもがふたつとも手に入れたいと願うにちがいない。

さらに小半刻ほど待たされ、ようやく、馬面の主人があらわれた。

還暦を過ぎているはずだが、肌の色艶はよく、髪も黒々している。

左兵衛督は隙のない物腰で上座へむかい、両袖を振りながら着座した。

「鬼役の矢背蔵人介どのと申されたな」

脇息《きょうそく》を引きよせ、鋭い眼光を投げかけてくる。

「もしや、志乃どののところへ養子にはいられた御仁か」

「いかにも、さようにござります」

「なれば、わしと志乃どのとの逸話も聞いておろうな」

「はい」

「四十年もむかしのはなしじゃが、昨日のことのように思い出される。あの日以来、わしは刀を握っておらぬ」

「さようでしたか」

「ふっ、心配は無用じゃ。微塵《みじん》も恨んではおらぬ。むしろ、志乃どののおかげで、わしはお役目に専念できた。宮瀬家が安泰でいられるのも、あの日があったからじゃ。申しあいに勝っておれば、わしは家を捨て、剣の道にすすんでおったやもしれぬ。

志乃どのには感謝こそすれ、恨みは微塵もない。その点をまず、ふくんでおいていただこう」

「ありがたきおことば。養母もきっと喜ぶに相違ございません」

「ところで、平蜘蛛を携えてまいったとか」

「は、これに」

蔵人介は串部を促し、風呂敷のなかから茶釜を取りだしてみせた。

「もそっと近う」

左兵衛督はしばし茶釜を眺め、溜息を吐いたり、小さく唸ったりしている。

「いかがにございますか」

「逸品じゃ」

「弾正久秀の平蜘蛛にございます」

「されど、平蜘蛛といえば信貴山城にて、弾正久秀ともども粉微塵に散ったといわれておる品じゃ」

「じつは、禁裏へ運ばれていたのでございます」

蔵人介は、志乃に聞いた由来をかいつまんで説いた。

左兵衛督は何度もうなずき、瞳を爛々《らんらん》とかがやかせた。

「なるほどのぅ。矢背家は禁裏の影法師とも称された家柄、ありえぬはなしではない」

「さすがは左兵衛督さま。お目も高ければ、ご理解もお早い」

「おだててどうする」

「この平蜘蛛を献上つかまつりたく」

「ま、まことか」

顎を突きだす左兵衛督の馬面にむかって、蔵人介はさっと掌を翳す。

「ただし、条件がひとつござります」

「なんじゃ、言うてくれ」

「つくも茄子を頂戴いたしたく、お願い申しあげます」

「なに」

「平蜘蛛のほかに九百両をおつけいたしましょう」

「九百両とな。もしや、わしが骨董屋に払った金か」

「お察しのとおり。古物商の儲けぶんにござります」

「おぬしの意図がようわからぬな」

「そもそも、かの茶入は拙宅に起居《ききょ》する若侍が深い考えもなく売りさばいた品にござります」

宗次郎が古物商に売った経緯を述べると、左兵衛督は苦い顔をつくった。

「取りもどしたい気持ちはわからんではないが、そもそも、宗次郎なる居候がなにゆえ、あの茶入を所持しておったのじゃ」

「存じあげませぬ。なれど、あれは世にふたつとない逸品にござります」

「それはわかる。このわしが千両を払ったのじゃからな」

「つくも茄子なれば、千両でもお安いかと」

「くふふ。つくも茄子のはずはない」

左兵衛督は袖で口を押さえ、狡賢《ずるがしこ》い顔で笑う。

「つくも茄子の茶入は徳川家門外不出のご宝物、どこの馬の骨ともわからぬ若侍が所持できる品ではない」

「なれど、左兵衛督さまは、つくも茄子とおもわれて買われたのでしょう」

「まさか……なれど、かりに百歩譲って、あれがつくも茄子としよう。それをたった百両で古物商に売る阿呆がおるか。物の価値がわからぬ者に、天下のご宝物を所持する資格はない」

「仰せのとおりにござります。されど、そこをまげてお願い申しあげまする。つくも茄子をお返しくだされ」

「嫌だと言ったら」

「あきらめるしかござりませぬ」

「さようか」

左兵衛督は苦しげに呻き、平釜を嘗めるように眺めまわした。

「弱ったのう。これほど難しい選択もない」

「いかがなされます」

「即答はできぬ。ちと猶予をくれぬか」

「承知いたしました」

「いや、目の保養をさせてもろうたわ」

「はっ」

「それにしても、矢背家とはよほど因縁が深いとみえる。志乃どのにくれぐれもよろしゅうお伝えくだされや」

一瞬、左兵衛督の双眸《そうぼう》に異様な光が宿った。

蔵人介はそれと察したものの、気づいた素振りもみせない。

突然の訪問を詫びると、豪壮な屋敷をあとにした。

六

翌日、宮瀬左兵衛督の使者が訪れ、暮れ六つに愛宕下まで足労願いたしとの言伝をのこしていった。

つくも茄子と平蜘蛛の交換を諾とするか否か、屋敷へ来いという以上、諾と考えるべきだろうが、素直に受けとりがたい面もある。

午後、串部が由々しき報せを携えてきた。

件の古物商が変わりはてたすがたになり、本所の百本杭《ひゃっぽんぐい》に浮かんだというのだ。

「土左衛門《どざえもん》か」

「はい、ひと太刀で臍下《せいか》を真横から斬られておりました。手口から推すに甲源一刀流の胴斬りではないかと」

「ふうむ」

「身近でこの技を遣う者がおります」

「宗次郎か」

「はい」

「あやつに人は斬れまい」

「と、断じきれますかな」

串部は丹唇《くちびる》に冷笑を浮かべた。

「宗次郎は廓か」

「そのようです」

「飽きもせずに、ようつづくのう」

「殿、それは花魁のほうでござる。宗次郎どのと懇《ねんご》ろになるには、身銭を切る覚悟がいる。茄子を売って得た百両ぽっちの金では、とうてい穴埋めなぞできませぬ。いったい、夕霧は甲斐性のない男のどこに惚れたのか、拙者には皆目《かいもく》」

無骨《ぶこつ》な串部にはわかるまい。宗次郎は女たちに、とことん世話をしたいとおもわせる天性のものを持っている。母親の情愛を知らずに育った男のときおりみせる寂しげな眼差しが、遊女を溺れさせたのだ。

ともあれ、今の宗次郎には夕霧との道行きを選んでしまいかねない危うさがある。

「殿、橋爪陣九郎なる者、おぼえておいでですか」

唐突に串部が訊いてきた。

「案内に立った宮瀬家の用人頭であろう」

「いかにも。じつは、橋爪も甲源一刀流の遣い手だそうです」

「ほほう」

「左兵衛督さまが古物商を始末させたのだとしたら、狙いはなんでしょうな」

「噂の根を断とうとしたのかもしれぬ」

「噂の根を」

「つくも茄子のことが世に知られてはまずい。さように判断したのだろう」

「なるほど」

一介の旗本が徳川家の宝物を占有していることが知れたら、厳罰を覚悟しなければならない。

「それほどまでして手に入れた品、容易に手放すとはおもえませぬ」

「されど、平蜘蛛も欲しいとなれば、やりそうなことはひとつじゃ」

「愛宕下までの道程、充分に警戒せねばなりませぬな。ちなみに、拙者が狙うとすれば、溜池の馬場下あたり」

さもありなん、油断は禁物だ。

蔵人介は仏間の志乃に伺《うかが》いを立て、串部に平蜘蛛を携えさせた。

愛宕下までは、市ケ谷、赤坂、溜池と、外濠沿いに駕籠で向かう。溜池を過ぎると桜川《さくらがわ》に沿って愛宕下の大名小路をめざし、途中の田村《たむら》小路と呼ばれる往来を増《ぞう》上寺《じょうじ》のほうへやや下がれば、宮瀬屋敷の棟門へ到達する。

桜川の手前、溜池を背にした馬場下までたどりついたところで、あたりは薄暗くなってきた。

逢魔《おうま》が徘徊《はいかい》するという入相《いりあい》だ。

突如、黒覆面の侍どもが馬場の草叢から躍りだしてきた。

「ほうれ、来なすった」

駕籠に侍《はべ》る串部は落ちついたものだが、駕籠かきはそうもいかない。

「うひぇっ」

どすんと駕籠を落とし、尻尾を巻いて逃げだした。

その瞬間、蔵人介の尻に強烈な痛みが走った。

「殿、お急ぎなされ」

串部が簾《すだれ》を捲りあげ、腕を引っぱる。

「うっ」

「いかがなされた」

「尻がな、ちと痛い」

「何を仰います。くせものは、もうすぐそこに」

迫っていた。

「ふりゃ」

黒覆面が眸子を剝き、大上段から刀を振りおろしてくる。

串部は軽くかわしたものの、その拍子に蔵人介の腕を放してしまった。

「うわっ、痛っ」

ふたたび尻餅をついたところへ、勢い余った敵の刃が落ちてくる。

咄嗟に長柄刀を鞘ごと抜きあげ、柄頭で相手の鳩尾を突いた。

「うっ」

覆面男が柄を握ったまま、覆いかぶさってきた。

これを横転しながら避け、起きあがると同時に抜刀する。

抜き際の一撃で、二人目の脾腹《ひばら》を狙う。

咄嗟に刃を峰に返し、強打してみせた。

「ぬぐっ」

ふたつ目の影が、棒のように倒れる。

尻の痛みをこらえ、蔵人介は怒鳴った。

「串部、殺めるでない」

「は」

串部は両刃の同田貫ではなく、脇差を抜いた。

白刃を峰に返し、相手の臑に叩きつける。

「ぎぇっ」

おそらく、折れたにちがいない。

三人目は臑を押さえながら、地べたに転がった。

串部は片腕に平釜を抱えており、片手斬りを余儀なくされている。

そのせいか、四人目に太刀筋を見切られた。

凄まじい刃風とともに、胴斬りを喰《くら》ったのだ。

「なんの」

すんでのところで躱《かわ》したものの、相手はなかなかの手練《てだれ》だった。

残るもうひとりも物腰から推せば、かなりできると蔵人介は読んだ。

どちらかは宮瀬家の用人頭、橋爪陣九郎にちがいない。

「串部、何を手こずっておる」

蔵人介は国次を鞘に納めた。

低い姿勢のまま、黒覆面のひとりに迫る。

相手は右八相に身構え、後退《あとじさ》りしはじめた。

「くっ、退け」

形勢不利と読んだのか、黒覆面が叫んだ。

そうはさせじと膝を繰りだすや、足の付け根がずきっと痛んだ。

一方、串部と対峙する相手は、二段突きから胴払いに転じた。

と、みせかけて踵を返し、闇の狭間に消えていったのである。

「くそっ、逃げ足の速い連中め」

串部は悪態を吐き、脇差を鞘に納めた。

「殿、引き返しましょう」

「いや、このまま行こう」

「敢えて虎口《ここう》へ踏みこまれるのですか」

「相手がどう出るか、見定めたいとはおもわぬか」

「ふふ、かしこまりました」

串部は不敵に笑ってみせる。

「ところで、尻の具合はいかがです」

ところが、宮瀬邸の正門は頑《かたく》なに閉じられ、どれだけ敲《たた》こうが開く気配はなかった。

ふたりは桜川を越え、暮れなずむ田村小路を進んでいった。

「なれば、参りましょうか」

「打ち身じゃ。たいしたことはない」


翌日、串部がまた聞き捨てならぬはなしを仕入れてきた。

あろうことか、左兵衛督に「奥高家御役御免」の沙汰が下ったというのだ。

「まことか、それは」

「城中ではもっぱらの噂にござりますよ」

利殖に励んで道具を好み、役目をおろそかにした。

「それが懲罰の理由とか」

そのとおりだが、取ってつけたような理由ではある。

当面は蟄居《ちっきょ》、さらに無役へ配されるご様子と、串部はつけくわえた。

「古物商殺し、左兵衛督の御役御免、いずれも、つくも茄子が招いた凶事だな」

「さようですな」

「養母上の受け売りだが、つくも茄子には異称がある」

「ほう、どのような」

「流転茄子だ。持ち主に栄華と転落を交互にもたらす。足利家もしかり、弾正久秀、織田家、豊臣《とよとみ》家もしかり」

「されば、徳川家も例外とはなり得ぬと」

「ふむ。その逸話ゆえに、上様はつくも茄子を宝物から除かれたのかも」

めぐりめぐって流転茄子は宗次郎の手に転がってきたのだろうと、蔵人介は推察する。

「得体の知れぬ連中が蠢《うごめ》いておる。何者かが、つくも茄子の痕跡を消そうとしておるのかもしれぬ」

「痕跡を消す。何故にござります」

「さあ」

宗次郎の血筋が露顕《ろけん》するのを怖れるか、あるいは、嫌う連中がいるのだ。

たとえば、大奥には二大勢力があり、家慶のつぎの将軍職をめぐって熾烈《しれつ》な抗争を繰りひろげている。

お美代の方を中心とする勢力は、加賀前田《かがまえだ》家に嫁いだ長女溶姫《ようひめ》の産んだ犬千代丸《いぬちよまる》を推し、一方、これに拮抗《きっこう》する西ノ丸派は家慶の嗣子である政之助《まさのすけ》を推している。本来なら政之助で異論はないはずだが、病弱なうえに才気《さいき》の片鱗《へんりん》すら窺えぬ童子の評判はよくない。

ともあれ、どちらの勢力にとっても、宗次郎は疎ましいはずだった。家康のとりきめた将軍継嗣の原則は長子相続、これにしたがえば宗次郎が継嗣として浮上するからである。

あるいは、いずれの派閥にも与《くみ》せず、宗次郎の出自を知る者が別にいるのかもしれない。

たとえば、小姓組番頭の橘右近などもそうだ。

かつて、中奥の隠し部屋で対面したとき、宗次郎を望月家に預けた張本人を知っているような口振りだった。敵か味方かも判然とせぬが、宗次郎の出自を知る者にとって、宗次郎はいざというときの切り札にほかならない。

本音をいえば、生かさず殺さずといった程度に存在を隠匿《いんとく》しつづけておきたい。そうやって考える者があるとすれば、いったい誰であろうか。さしずめ、家慶の正《せい》室《しつ》である楽宮《さざのみや》喬子《たかこ》の周囲が怪しいと、蔵人介は従前《じゅうぜん》から睨んでいた。

喬子は有栖《ありす》川宮《がわのみや》織仁《おりひと》の息女、すなわち公家《くげ》の出身者である。子はない。

家慶の世嗣政之助は、側室のお美津《みつ》の方《かた》が産んだ子だ。お美津は書院番衆《しょいんばんしゅう》の娘、公家出身の喬子と馬が合うはずもなかった。喬子にしてみれば、側室の産んだ愚昧《ぐまい》な男子を次々期将軍の座に据えたくないにきまっている。この際、母親が誰とも知れぬ宗次郎を推し、みずからの権力基盤を構築するといった野心を抱いてもおかしくはなかろう。

喬子はそう考えずとも、取りまきには権謀術策《けんぼうじゅっさく》を弄《ろう》する者が必ずいる。そうした連中がつくも茄子の噂を聞きつけ、早々に手を打ったのではないかと、蔵人介は勘ぐった。

「殿、つくも茄子の痕跡を消すのが狙いなら、早晩、こちらにも災いがおよぶのは必定《ひつじょう》かとおもわれますが」

「そうよな」

おとなしくしていればよいものを、宗次郎はわざわざ寝た子を起こしてしまったのかもしれない。

七

翌日。

神無月の初亥《はつい》には無病息災を願い、武家では七つの粉を混ぜてつくった亥《い》の子餅《こもち》を食べる。諸大名や布衣《ほい》着用の旗本は将軍家への祝儀にむかうべく、暮れ六つまでに拝賀の登城を済ませるのが習わしだった。

蔵人介は布衣着用を許された大身旗本ではないが、毒味の手が足りぬので登城せよとの奇妙な命を承り、急遽、足をはこぶこととなった。

桔梗門内で待っていたのは、公人朝夕人の土田伝右衛門である。

例によって「楓之間へ足をはこべ」との橘右近からの言付けをのこし、影のように去っていった。

亥ノ正刻（午後十時）、蔵人介は苦労して楓之間へ忍んだ。

橘を飼い主として選んだおぼえはなかったが、このたびもまた、蔵人介は楓之間に忍び、達磨の軸が掛かった床の間と対峙した。

どのような仕掛けがあるのか、芝居のがんどう返しのように壁面がひっくりかえり、狭苦しい部屋の一角に、丸眼鏡をかけた老臣がちんと座っている。

「よう来た、久方ぶりじゃのう。いつぞやの黄白の鯖にからんだ一件、鮮やかな手並みであったぞ。遅ればせながら褒めて進ぜよう」

「あれは、宗次郎を守るためにやったことにござります」

「頭の堅い男じゃのう。それだから、身近に敵をつくるのじゃ」

「仰る意味がわかりませぬが」

「桐原新左衛門のことよ。足を掬《すく》われかけたであろうが」

「なぜ、それを」

「ふほほ、わしは地獄耳でのう」

勘定奉行の遠山景元とも繋がりがあるのだろうか。

三念坂で対峙した「金四郎」は、遠山が世を忍ぶすがたにちがいないと、蔵人介は睨んでいた。

橘と遠山、怪しい者同士が裏で通じているのかもしれない。

今のところは、それしか考えられなかった。

「余計な詮索はいたすな。まあ座れ」

「は」

「どうじゃ。御母堂《ごぼどう》は息災か」

志乃のことを訊かれたので、蔵人介は面食らった。

「ふほほ、志乃どののことなら、よう存じておる。若い時分はなかなかのじゃじゃ馬でな。薙刀一本提《さ》げ、名だたる大名家を撫で斬りにしたものじゃ。われら旗本は鼻が高うてのう。なれど年寄りどもは、女だてらに怪しからんと口を揃えておったわ。あれから四十年が経ち、わしらが年寄りになってしもうた。まさに、光陰《こういん》矢のごとしじゃ。ともあれ、こたびの一件は志乃どのにも大いに関わりがある」

「こたびの一件とは」

「きまっておろう、つくも茄子じゃ」

蔵人介は、おもいきり顔を顰めた。

「左兵衛督さまの手に渡った経緯なども、すでにお調べ済みのようでございますな」

「あたりまえじゃ。宮瀬どのの周囲から、この一件は漏れた」

「蟄居を命じられたのは」

「わしの指図ではない」

「なれば、どなたが」

「鶴の一声というやつじゃ」

「上様ですか」

「さよう、御数寄屋《おすきや》坊主の韮山宗竹《にらやまそうちく》に囁かれての。深慮《しんりょ》もなく、ご決断されたのじゃ」

韮山宗竹といえば、芳《かんば》しい評判を聞かない御数寄屋坊主だ。

「して、宗竹の狙いは」

「無論、つくも茄子よ」

「手に入れたのですか」

「まんまとな」

目付の板東外記とはからい、上意申しつけの場にて秘かに、左兵衛督からつくも茄子を取りあげたらしい。

「そのかわりに、本来ならお取りつぶしのところを、寛大な処分で済まされたのだと恩を売ったのよ」

「姑息な」

「さよう。宗竹と板東外記こそは、まさに奸臣のなかの奸臣。斬って捨てねばならぬ輩じゃ」

眼鏡の奥で、きらっと双眸が光った。

「ところで、おもしろいはなしがある。つい先日、上様が隣の双飛亭で茶会を催されての、あの茶入はいかがしたとしきりに仰る。小姓どもは狼狽《うろた》えた。あの茶入とは何じゃ、上様ご所望の茶壺とは、と。ふっふ、周囲の大騒ぎを楽しむかのように、上様がぽつりと仰せになった。『おもいだした。あれは流転茄子、西ノ丸にくれてやったのだった』とな。流転茄子とは、無論、つくも茄子のことじゃ。妙なものだとはおもわぬか。今にしておもえば、あれは虫の知らせであったやもしれぬ」

「虫の知らせ」

「そうじゃ、おぬしにも察しはつこう。つくも茄子は世に出てはまずいお品じゃ。所持しておる御仁と同じでなあ」

誰がなんの目的で宗次郎につくも茄子を持たせたのか、蔵人介は尋ねてみたい衝動に駆られた。

が、どうせ、目の前の古狸はこたえてくれまい。

「もはや、この一件は志乃どのひとりの範疇《はんちゅう》を超えた。おぬしもわかっておろう」

次々期将軍の座をめぐり、水面下では激しい争いが繰りひろげられている。幕閣、大奥を二分する争いだ。このたびの一件が表沙汰《おもてざた》になれば、つくも茄子の出所や持ち主の素姓をめぐって虚々実々の探りあいがおこなわれ、さらに大きな波紋を呼ぶのは必定。それだけはなんとしてでも避けねばならぬと、橘は重々しく言いはなった。

「一刻も早く、つくも茄子を取りもどさねばなるまい。宗竹のところで留まっておればよいが、碩翁さまなどの耳にはいればまずいことになる。そのまえに手を打たねば。わかるのう、鬼役どの」

口惜しい気もするが、蔵人介は頭を垂れた。

そもそも、災いの種を蒔《ま》いたのは宗次郎なのだ。

宗次郎を預かる蔵人介としては、責任を感じざるを得ない。

「されば、首尾よく事をはこぶがよい」

丸眼鏡の老臣は、のんびりとした口調で言った。

八

十日夜《とおかんや》、武州《ぶしゅう》の百姓地では田の神を山へおくるための祝宴を催す。

武家でも米穀の恩恵に感謝し、ささやかな酒肴《しゅこう》をもうける。

蔵人介は欠けた月を愛《め》でながら、縁側で諸白《もろはく》を味わっていた。

夕餉のあと、志乃は仏間に籠もり、幸恵は風邪をひいた鐵太郎を寝かしつけにいった。

串部は宗次郎の様子を窺いに、吉原まで出向いている。

頬を撫でる風は冷たいが、酒のおかげで寒くはない。

唐突に人の気配を察し、蔵人介は盃を握る手を止めた。

すでに、何者かはわかっている。

「公人朝夕人、土田伝右衛門か」

「いかにも」

暗がりから、掠《かす》れた声が返ってきた。

闇に溶け、すがたはみえない。

ただ、獣のような赤い眼光がこちらを睨みつけている。

「好機到来。御数寄屋坊主と御目付が柳橋の料理茶屋にて宴を張ってございます」

「だからなんだ。わしはやらぬぞ」

「ふっ」

「なぜ、笑う」

「まるで、駄々《だだ》をこねる幼子のようでござる」

「おぬしがやればよい。暗殺ならばお手のものであろう」

「誤解なされては困ります。拙者はただの水先案内、人斬りはやりませぬ」

「嘘を吐け」

「葬るべき相手はふたり。ただし、御目付の板東には用人がふたり侍っております。こやつらも甘い汁を吸っておる輩、斬られても文句は言えますまい」

「わしひとりで四人を殺めよと申すか」

「鬼役どのにしてみれば容易《たやす》いこと」

「断るといったら、どうする」

「さて」

「わしを斬るか」

「ふふ、そうなりましょう」

「困ったな。おぬしの血で庭が穢《けが》れてしまう」

「鬼役どのに、拙者は斬れませぬぞ」

「どうかな、ためしてみるか」

突如、庭先に殺気が膨らんだ。

そこへ、はかったように、幸恵があらわれた。

「鐵太郎の熱がやっと引きました。御酒《ごしゅ》のお代わりを」

「いや、もうよい」

「お仕舞いですか。おめずらしい」

いつの間にか、公人朝夕人の気配は消えている。

蔵人介は、名状しがたいほどの不安に襲われた。

「幸恵、今宵は鐵太郎のそばにいてやるがよい」

「はい」

「わしはこれから、お城にむかわねばならぬ」

「こんな遅くに」

「使いの者が参ってな」

「串部もおりませんでしょうに」

「急用ゆえ、従者はいらぬ」

「さようですか、なればお仕度を」

「案ずるな。おまえは鐵太郎のもとへ。さあ」

なかば強引に促すと、幸恵は黙って退がった。

すぐさま、闇に気配が立った。

「おい、遣り口が汚くはないか」

「何を仰せになられます」

「他人の家に忍び、家人を質《しち》にとっておるようなものであろうが」

「それは鬼役どのが勝手に案じなされていること。くく、拙者にそんなつもりはござりませぬよ」

「信じられるか」

「信じる信じないはご随意に。さ、お仕度を」

蔵人介は苦い顔で盃を呷り、やおら立ちあがった。

部屋へ戻って刀掛けから大小を取り、着流しの帯に差しこむ。

「その扮装《なり》でよろしいのですか」

「よい」

蔵人介は庭下駄を履き、公人朝夕人の背にしたがった。

柳橋に到着したのは、亥ノ刻をまわったあたりだった。

月は群雲に隠れ、あたりは漆黒《しっこく》の闇につつまれている。

料亭は二階座敷から大川をのぞむところにあり、軒提灯で賑《にぎ》やかに飾られていた。

「そろそろ、宴会も手仕舞いになるはず」

板東も宗竹も帰るさきは湯島《ゆしま》の方角、柳原《やなぎわら》土手に駕籠がふたつ連なるはずだと、公人朝夕人は告げた。

「そこを待ちぶせいたしましょう」

こともなげに言われ、蔵人介は不快な気分になった。

「ひとつ訊くが、つくも茄子はどうやって取りもどす。宗竹を殺れば行方知れずになるやもしれぬぞ」

「ご心配にはおよびませぬ。すでに、宗竹はつくも茄子を売りました。売った金で派手に遊んでいるのでござる」

「何だと。売ったさきは」

「わかっております。のちほど、お教えいたしましょう」

ふたりは小半刻ほど、物陰に隠れて待った。

群雲は晴れ、天には月星が煌々と輝いている。

やがて、芸者たちに見送られ、微酔い気分の男たちがあらわれた。

派手な衣裳に身を包んだ月代頭と坊主頭が、芸者たちとじゃれあっている。

駕籠は宝仙寺《ほうせんじ》駕籠に網代駕籠、二挺《ちょう》とも特別にしつらえた代物だ。

先頭の駕籠に目付が乗りこみ、後ろの駕籠には数寄屋坊主が乗りこむ。

目つきの鋭い用人ふたりは、先頭の駕籠脇を固めた。

歩みの鈍い駕籠の背を、わずかに欠けた月が追いかけた。

威勢のよい掛け声もなく、二挺の駕籠は両国広小路から神田川沿いに浅草橋へ、さらに新《あらた》シ橋へとたどる。

これをふたつの影が、同じ間合いを保ちながら追いかけた。

つぎの和泉《いずみ》橋を越えれば、筋違《すじかい》御門内の八辻ケ原《やつじがはら》へ出る。

そのさきの昌平《しょうへい》橋を渡れば、湯島明神の杜《やしろ》がみえてくるはずだ。

蔵人介はこの期におよんでも、まだ迷っていた。悪党どもを成敗《せいばい》するのは吝《やぶさ》かでないが、飼い犬にはなりたくない。

そのあたりの心情を見透かすように、公人朝夕人が低声《こごえ》で囁きかけてきた。

「和泉橋を越えたら、一気に片をつけましょう。よろしいですな」

断ったら、ばっさり殺られかねない。

諾とも否ともこたえずにいると、川端に点々とする柳の陰から、ふたりの黒覆面が躍りでてきた。

「くせもの」

先頭の用人が叫び、抜刀する。

駕籠かき四人は駕籠を落とし、尻をみせて逃げだした。

蔵人介は足を止め、公人朝夕人ともども柳の陰に隠れた。

「鬼役どの、ちと様子をみましょう」

「ふむ、先約がいたらしいな」

黒覆面のふたりは、蔵人介を襲った宮瀬家の用人どもにちがいない。

おそらく、ひとりは用人頭の橋爪陣九郎であろう。

左兵衛督が無役となれば、橋爪たちは職にあぶれる。恨みを晴らすべく、目付と数寄屋坊主を闇討ちにする肚なのだ。

連中が片づけてくれるかもしれぬと、蔵人介は期待した。

ところが、期待は見事に裏切られた。

板東外記の用人たちが刃を抜きはなつや、黒覆面のふたりは一刀のもとに斬られたのだ。

用人たちは刃に滴った血を振り、静かに鞘へ納めた。

板東と宗竹が駕籠からすがたをあらわし、地べたに転がる屍骸にぺっと唾を吐く。

蔵人介はなかば呆れ顔で、公人朝夕人に囁いた。

「おい、はなしがちがうぞ。やつら、半端な技倆ではない」

「臆したのでござるか」

「なにっ」

「用人どもは拙者が片づけましょう。ただし、こたびだけですぞ」

言うが早いか、公人朝夕人は土を蹴った。

陣風となって駆けぬけ、土埃《つちぼこり》を巻きあげる。

「まだおったか、鼠め」

用人どもは抜刀した。

刹那、公人朝夕人の白刃が閃き、ぱっと血飛沫が舞った。

「おっ」

蔵人介は瞠目《どうもく》した。

公人朝夕人は、小太刀を握っている。

それを見事な手捌《てさば》きで回転させ、すっと鞘に納めた。

鍔鳴《つばな》りが聞こえ、用人ふたりは同時に斃《たお》れた。

いずれも、首の太い脈を裂かれている。

蔵人介でさえも、太刀筋をしかとは見極められなかった。

さすがは公方を守る最後の砦、尋常ならざる太刀捌きだ。

「……ひっ、ひぇええ」

宗竹がまず、悲鳴をあげた。

踵を返し、こちらへ一目散に逃げてくる。

蔵人介は、ゆらりと道端へ踏みだした。

「うへっ」

棒立ちになった数寄屋坊主の首を、問答無用で刎ねとばす。

死に首は宙高く飛び、ひとり残された板東外記の足許へ落ちた。

板東は狼狽えず、宗竹の首を鞠のように蹴った。

「悪党め、肚を括ったな」

「おぬしら、なにやつじゃ」

板東は仁王立ちで喝しあげ、刃こぼれひとつない本身を抜きはなつ。

蔵人介は、滑るように迫った。

「ん、おぬし、鬼役ではないか」

すでに、板東は懐中深く斬りこまれている。

蔵人介の切っ先は目付の胸をつらぬき、背中から突きだしていた。

「天誅《てんちゅう》だ」

剔《えぐ》るように抜いた途端、夥《おびただ》しい鮮血がほとばしった。

蔵人介は返り血を避け、鮮やかな手捌きで刀を納める。

目付は顔から地に落ち、肥えたからだを痙攣《けいれん》させた。

「鬼役どの、後の始末はお任せあれ」

公人朝夕人は、怜悧《れいり》な眼光をこちらに放つ。

蔵人介はひとことも発せず、惨状に背をむけた。

九

十日後。

恵比須講で賑わう町屋を抜け、役目明けの蔵人介は自邸へ戻りついた。

表口で迎える幸恵によれば、ついさきほどまで志乃に来客があったという。

「宮瀬左兵衛督さまですよ」

と聞き、蔵人介は眉を顰めた。

「いったい、何をしにおいでになったのだ」

「ふらりと、お茶を呑みに来られたそうです」

「ほう、ふらりとな」

蔵人介は一服ついたのち、志乃の部屋を訪ねてみた。

「どうぞ、おはいりなさい」

志乃はなにやら、嬉しそうだ。

「左兵衛督さまがおいでになったそうですな」

「四十年ぶりにお顔を拝見しました。あいかわらず凜々《りり》しい面立ちであられ、惚れなおしましたよ」

「好いておられたのですか」

「ええ。すっかりそのことを忘れておりましたが、先様はおぼえておいでのようで、すこし恥ずかしゅうござりました」

なにやら、志乃が可愛らしくおもえてくる。

「それで、茶を点てられたと」

「例の平蜘蛛でね。ずいぶん感慨深げに、あれをご覧になっておられましたよ」

平蜘蛛を愛でつつ、蔵人介にはとんでもない無礼をはたらいてしまったと、左兵衛督は陳謝したらしい。

古物商殺しも、溜池馬場下の襲撃も、自分の本意ではなかった。

「すべて用人頭の橋爪某が先走ったことゆえ、かさねてご容赦願いたいと、あのお方は汗を掻きながら言いわけをなされて。ほほ、ご自身への不審をなんとしてでもお解きになりたかったのでしょう」

「さようでござりましたか」

「あ、そうそう。左兵衛督さまは、つくも茄子の持ち主を教えてくださりました」

「ほう」

そういえば、公人朝夕人に訊きそびれていた。

「あれは一度三千両で別の古物商に売られ、それを札差の十文字屋《じゅうもんじ》さんが五千両でご購入なされたのだそうです」

「五千両、それはまた豪儀な」

「流転の茄子ですからねえ。はなしはまだ、このさきがあります」

志乃はほっと溜息を吐き、ことばを接いだ。

「十文字屋さんは吉原一の花魁にご執心のようでねえ。どうやら、身請けを狙っているらしい。その手付け代わりと称し、つくも茄子を花魁へ差しあげたのだそうです」

「なんと」

「物の価値のわからぬ成りあがり者は、これだから困る。そう、左兵衛督さまは嘆いておられましたよ」

蔵人介は、ぴくっと片眉を吊りあげた。

「もしや、その花魁とは夕霧ではありませぬか」

「いかにも」

「養母上」

「なにか」

「もしや、つくも茄子は夕霧の手から宗次郎のもとへ、戻されたのではありませぬか」

「おや、めずらしく察しがよろしいこと」

「わたしをからかっておいでですな」

「おわかりか、うふふ」

志乃は笑いをこらえながら、袱紗に包まれた桐箱を差しだした。

「宗次郎どのが、これをまた預かってほしいと。それから、あなたに謝っておいてほしいとのことです」

「あの若僧め」

「ほほ。あの若僧にも、よいところがあるではないですか」

「ま、そうですな、ふはは」

蔵人介も、つられて大笑した。

商売繁昌を願う恵比須講では、空の千両箱を山積みにしたうえに恵比須像を祀《まつ》る。商家では得意先を招き、座敷にならべた安物の茶碗に「千両、万両」と景気のいい値をつけて売り買いの真似をする。

つくも茄子は正真正銘、五千両もの高値をつけられ、流転の果てに宗次郎のもとへ舞いもどってきた。

これも宿縁か。

宗次郎は益々、夕霧と離れがたくなるにちがいない。

「人間、欲を掻けばよいことはない。左兵衛督さまはね、憑《つ》き物《もの》が落ちたようなお顔で仰いましたよ。これからは、煩瑣《はんさ》なお役目からも逃れて悠々自適《ゆうゆうじてき》、茶三昧の余生を送りたいのだそうです」

「羨ましいかぎりですな」

「惜しむらくは三年前、ご伴侶《はんりょ》に先立たれてしまわれたこと」

「なるほど」

「されど、それならばお気が向かれたときに、いつなりとでもお立ち寄りくださりませと申しあげたところ、あのお方は童子のように微笑んでおられましたよ」

なにやら、志乃が華やいでみえる。

流転茄子は男女の絆《きずな》を堅固に結び、新たな出逢いをひとつ演出した。

蔵人介は少しばかり、宗次郎と志乃のことが羨ましかった。

二〇一二年五月　光文社文庫刊

図版・表作成参考資料

『図録　江戸城をよむ――大奥 中奥 表向』（原書房）、

『江戸城本丸詳圖』（人文社）

光文社文庫

長編時代小説
刺《し》客《かく》 鬼役《おにやく》 弐 新装版
著 者 坂《さか》岡《おか》 真《しん》

2021年10月20日 初版1刷発行

発行者 鈴木広和
印 刷 新藤慶昌堂
製 本 ナショナル製本

発行所 株式会社 光文社
〒112-8011 東京都文京区音羽1-16-6
電話 (03)5395-8149 編集部
8116 書籍販売部
8125 業務部

ISBN978-4-334-79264-0 Printed in Japan

組版 萩原印刷